Gerhard Stadelmaier 1950 in Stuttgart geboren, in Schwäbisch Gmünd aufgewachsen, in Bad Nauheim lebend, hat in Tübingen Germanistik und Geschichte studiert und war zuerst Redakteur im Feuilleton der *Stuttgarter Zeitung*, dann von 1989 bis 2015 der fürs Theater und die Theaterkritik zuständige Redakteur der *Frankfurter Allgemeinen Zeitung*. Ausgezeichnet wurde er u.a. mit dem Hildegard-von-Bingen-Preis für Publizistik sowie dem renommierten Deutschen Sprachpreis. Zuletzt erschienen von ihm die Bücher *Umbruch. Roman* (2016) sowie *Don Giovanni fährt Taxi. Novelletten* (2020) und *Ganze Tage vor dem Fernseher* (2021).

GERHARD STADELMAIER

DEUTSCHE SZENEN

KRÖNEREDITIONKLÖPFER

Gerhard Stadelmaier
Deutsche Szenen
1. Auflage
in der Edition Klöpfer
Stuttgart, Kröner 2022
ISBN: 978-3-520-76801-8

Umschlaggestaltung Denis Krnjaić
unter Verwendung der Radierung *Walser/Wölfli* von Jan Peter Tripp, 1993

Klimaneutral
Druckprodukt
ClimatePartner.com/12514-2207-1009

Gesamtherstellung: Friedrich Pustet Regensburg

Dem Schutz und Schirm
der Heiligen St. Pointe gewidmet

Wir sind wir – aber wer?

In Dresden, in einer süßen sächsischen Wirtschaft, in der es noch süßeres Münchner Bier gibt, ohne Maskenzwang, den Impfausweis will niemand sehen. Am rechten Nebentisch ein offenbar bayerisches Paar in den gut erhaltenen Sechzigern, er im Trachtenjanker, sie im Business-Kostüm. Lassen sich Wiener Schnitzel schmecken und reden bestgelaunt, »Oiso siagst'as, dös is a Zündwiderstand, und dazu brauchst fünf Kilo Schwoazpulva bei am Kaliba von Nullkommaacht«, ganz gemütlich über Detonationen, TNT, Bomben, Raketen, Ampere und Volt und Spreng-Elektronik. Terroristen? Oder Physiker? Am übernächsten Tisch rechter Hand ein paar mittelalte Herren mit extrem kurzen Haarschnitten, von denen hie und da zu Bier und Schnaps scharf ein »EssEss« oder »EssAa« herübertönt. Neonazis? Oder Historiker? Am linken Nebentisch ein älterer Herr mit zwei wahrscheinlich noch älteren Damen, die aber viel jünger aussehen und zu Elbtäler Landwein angeregt über Weibes Lust und Mannes Macht und Geschlechtliches überhaupt reden, als sei »Muschi« ein italienischer Renaissance-Kupferstecher. Eingetragener Rentner-Orgien-Verein? Oder interessierte Besucher einer Ausstellung erotischer Graphik? Lauter deutsche Identitätsfragen. Die Rechnung, bitte.

Das Glück hinter der Maske

Deutschland. In diesen Jahren das Land der gnädigst Halbierten. Der nach unten gerutschte Vorhang über jeder Personalitätsbühne gibt nur die obere Gesichtshälfte frei. Er zeigt den Visagenbühnenhimmel mit Augen, Nasenansatz, Stirn und Haargewuschel. Und man ertappt sich dabei, dass man sich einzugestehen beginnt, diese Partie als Sitz der sich wortlos aussprechenden und entäußernden Seele immer leicht überschätzt zu haben. Kann es sein, dass die Augen allein ihr Spiel gar nicht so ohne Weiteres treiben können? Dass der wahre Reiz und das Geheimnis des Auftritts aus allen Daseinsgassen im Verborgenen liegt? Auf dem Gesichtsbühnenboden, der sich hinter der gesellschaftlich verordneten FFP2-Maske versteckt? Urplötzlich wird, so ahnt und träumt man, die versteckte Mund- und Kinnpartie zum Ort und Hort der Verheißungen. Vor allem auch deshalb, weil der Mund sich meistens nur das Allernotwendigste zu äußern getraut wegen der Schwierigkeit, die dazu benötigte Luft durch die Stoffbedeckung hindurch der Umwelt zu entwenden. Man stellt sich nicht nur aufgrund des Ausbleibens der Stimmprobe Hübsches, Faszinierendes, Überraschendes, ja erotisch Anziehendes vor – allein deshalb, weil es verborgen bleibt. Und weil schräg stehende Zähne, schmale Lippen, Runzeln, Furchen, Kinnfluchten eben gnädig mitverborgen sind. Nacktheit, entblößt, langweilt und enttäuscht. Nacktheit, verborgen, reizt. Verkleidung ist ein Versprechen. Eine Vorfreude im Geschenkpapier der Begierde. Entblößung ist Sättigung in der Erfüllung des Auspackens. Die Maske, auf die alle so billig fluchen, ist also eine Bereicherung der Empfindung füreinander. Man sieht mehr. Weil man weniger sieht. Das wahre Schönheitspflaster unserer Tage. Wir werden es noch sehr vermissen.

Die Demutprobe

Auftritt der Demutwillige. Unterm Beifall seiner Anhänger. Scheinwerfer über ihm. Kameras und Mikrophone vor ihm. Er macht sich groß, indem er sich mit einer Vorsilbe maskiert, die ihn scheinbar verkleinert. Er ist der Zeitgeisterseher unserer Tage, der die öffentliche Szene zur Séance macht: Beschworen wird ein Phantom – der Unterwürfigkeit, der raffinierten Annahme eines Knechtsverhältnisses. Wörtlich herkommend aus dem Althochdeutschen, in dem *diomuoti* die Gesinnung eines Dienenden bedeutet. In Wortsgestalt, mit der sich plötzlich auch Herren und Herrschende kostümieren. Auf Pressekonferenzen oder in Interviews. Sie lassen sich gerne ihr kommodes Lieblingswort auf der gespaltenen Individualzunge zergehen, über der ein treuherziger Blick ins innere Weite schweift. Dass ein Fußballtrainer eine Niederlage »mit Demut« akzeptiert, dass ein Kanzlerkandidat einen Stimmenverlust bei der Wahl »mit Demut« zur Kenntnis nimmt, dass es im höheren Management seit ungefähr der Jahrtausendwende auf Aktionärshauptversammlungen als schick und opportun gilt, Stolz, Überheblichkeit, Eitelkeit und Mitarbeitersklaventreiberei in den Mantel dessen zu kleiden, der dauernd darauf verweist, dass es etwas Höheres, Unerreichbares gebe, dem man sich demütig unterwerfen müsse, nämlich die Interessen der Firma, des Vereins, der Partei – macht Demut zu einer hervorragenden Allzweckwaffe. Die nichts mehr trifft. Man möchte ihnen zurufen: Macht euch nicht so klein – so groß seid ihr gar nicht!

Aber natürlich wollen auch sie sich allesamt zuvor in den intrigen-, trick- und waffenreichen Kampf mit allerlei Drachen sportlicher oder politischer Art geworfen haben. Anders freilich als der junge, mut-, trick- und strategiestrotzende Ritter, der in Schillers Romanze *Der Kampf mit dem Drachen* Rhodos, das er zu »Rhodus« latinisiert, von einem herden- und menschenfressenden Ungeheuer befreit und den des »Beifalls lang gehemmte Lust« der Masse des Volkes in Himmelshöhen erhebt. Aus denen ihn sein Ordensoberer (der Supermann in schimmernder Wehr ist schließlich Johanniter) auf den Boden der Demut herunterholt: »Mut zeiget auch der Mameluck,/ Gehorsam ist des Christen Schmuck«. Er habe versäumt, »der Pflichten schwerste zu erfüllen,/ Zu bändigen den eignen Willen!« Also auf eigene Rechnung der Ruhmbegier, des Solistentums gehandelt, im »widerspenst'gen Geist,/ Der gegen Zucht sich frech empöret«. Das heißt: Er ist gegen den Strom geschwommen, hat sich nicht um die allgemeine Opportunität gekümmert, die Anweisungen von oben, wie man Drachen gemeinsam zu begegnen habe, in den Wind geschlagen. Schillers Ritter legt denn auch »still« (ohne Widerworte) »von sich das Gewand / Und küßt des Meisters strenge Hand / Und geht.« Und passt sich ein und an. Aber zuvor will er schon das gewesen sein, was ihn jetzt reut. Und wofür er Buße auf sich zu nehmen bereit ist. Worauf der Chef ihn »liebend« zurückruft und lobt: »Dir ist der härtre Kampf gelungen./ Nimm dieses Kreuz, es ist der Lohn / Der Demut, die sich selbst bezwungen.« Demut, so verstanden, ist die Befolgung des Gesetzes der Herde. Aus

Einsicht. Wer also behauptet, er akzeptiere dies oder jenes »in Demut«, ohne wirklich einen Drachen erlegt zu haben, zeigt nicht Bescheidenheit. Sondern nur, dass er und sein Mutwille es nicht gewesen sein wollen. Und es am Ende nicht einmal Drachen gebe. Man sehnt sich da doch nach Mamelucken.

Die Abgefahrenen

In einer Lounge. Lauter strahlende, wiewohl trotz aller Erleichterung etwas überanstrengt wirkende Abschlussgeprüfte in ihren mittzwanziger Jahren und besten Anti-Anzügen beziehungsweise -Kostümen. Von einer Nachlässigkeit und Verschlamptheit, die in jedem offenen Kragen, jeder geschlitzten Jeans, jedem überblendweiß gefärbten Turnschuh ahnen lässt, wie konventionell teuer das alles den betont Unkonventionellen gekommen sein mag. Standard einer Uniformierung, die mit größtmöglicher Lockerheit eine strenge Einstimmigkeit herstellt in der Mode-Motette »Das trägt man jetzt so«. Die blass-energischen jungen Damen dann doch seltsam anachronistisch verziert mit kleinen Blumensträußchen, die sie kokett in den Armbeugen plaziert haben und auf die sie herablächeln mit dem mehr als rechtmäßigen Gefühl, ein Dekor gar nicht nötig zu haben. Die blasserschöpften jungen Herren garniert mit dem Angststolz, mit dem sie in eine strahlende Zukunft blinzeln, vor der sie nun nichts mehr rettet. Allgemeines gegenseitiges Schulterklopfen. Nur einer mittendrin im Frohsinnslärm sticht da hervor als Außentuer. Er gehört sichtbar nicht mehr dazu. Wird nur noch geduldet. Ein letztes Mal. Die anderen wirken in ihrer betont schlampig kostbaren Kledage wie vorerst nur eben noch verkleidete Bürger. Er erscheint in seinem etwas abgewetzten Anzug samt Krawatte bei oberstem offenen Hemdknopf wie ein sonderlingshafter Bohemien, ein abgestiegener Bourgeois. Womöglich einst der Tollste, der Begabteste unter ihnen. Dann aber offenbar ausgestoßen oder ausgestiegen.

So aber, wie er das Glas hält, sich den Bart streichelt, hält er den Durchgekommenen sein beleidigtes Ego der Eigentlichkeit entgegen: Ich bin der wahre Jakob, auch wenn mich euer Karrierelauf auf dem falschen Fuß erwischt hat! Dabei hat er wohl nur ein paar wichtige Anschlüsse verpasst oder Examen vergeigt. Er kriegt zwar noch wie nebenbei ein paar Freundlichkeitsbrosamen vom Tisch der glücklich Reüssierten hingewischt. Aber die Abgefahrenen nehmen auf ihn keine Rücksicht, höchstens dass sie ihm einen kurzen Blick gönnen, den sie in den Rückspiegel werfen bei ihrer Weiterkommensfahrt. Im Rückspiegel wird sein Bild immer kleiner. Wobei er sich unverändert groß vorkommt: im Spiegel seines Jetzt-Ichs, leicht nur benetzt mit Tränennebel.

Egotuning

Ob nach links oder nach rechts – er zeigt's nicht an. Er fordert, dass die, die hinter ihm herfahren, zu erraten haben, wohin sich zu wenden es ihn gerade gelüstet. Das Blinklicht einzuschalten, erschiene ihm als Zwang. Als Diktatur einer Richtungsänderungsbekanntgabe. Er leidet wohl überhaupt unterm Gefühl, unter lauter Diktaturen leben zu müssen, die es ihm verweigern, das zu tun, was, wie er findet, ihm zusteht. Wie es ihm gefällt. Aber nur ihm. Er findet, dass es ihm zustehe, ohne eine Gesellschaft sein zu dürfen, der er nichts schuldig sei, selbst ein Blinklicht nicht. Von einer Rücksicht ganz zu schweigen. Gleichzeitig erwartet er, dass man ihm alle Freiheiten lässt. Er hat den Grundsatz verinnerlicht, den er Rosa Luxemburg entlehnt hat: Freiheit ist immer die Freiheit des Andersfahrenden. Und er ist der Andersfahrende *par excellence*. Er fordert Vorfahrt für sich als Querfahrer. Er posiert für die Welt, die sich ihm und seinem Gefährt beifällig zu unterwerfen hat. Mit heulendem höchstfrisierten Motor spielt er den Exklusiv-Rüpel, den motorisierten Klassenkasper, für den keine Regeln gelten als die eigenen. Die Parkstraße unserer kleinen Stadt prescht er freitags am Abend, wenn die Flaneure in langsameres Schlendern verfallen, in rasendem Tempo und mit aufheulendem Motor und lautest durch die geöffneten Fenster aus dem Innenraum dröhnenden Techno-Beats entlang. Einen Fußgänger, der ihm die Straße querend entgegentappte, würde er als Geschieht-ihm-recht!-Opfer, als hinnehmbaren Kollateralschaden seines Solistentums betrachten. Sollten die Schlenderer und die Regeln-für-alle-Beachter es wagen, sich auch in Autos zu setzen, wären sie für ihn die Herdenfahrer. Er ist der Solo-Fahrer. Sein Auto ist für ihn ein Instrument, auf dem er spielt, wie er will. Die anderen sind für ihn die Tutti-Schweine, die orchestriert fahren. Sie fiedeln die Partitur der Regeln herunter, er zupft wild die Kadenzen. Sein Problem ist nur, dass er als Typ dieser Jahre ziemlich häufig vorkommt. Vor lauter Andersfahrenden kommen die vielen Andersfahrer schlecht vorwärts. Aus diesem Grund hat man ihn jüngst wie verrückt blinken gesehen. Der Solist war aus Versehen in eine Gesellschaft von lauter Solisten geraten. Keiner machte Platz. Er hatte wohl nach dem Blinkerhebel, den er sich bisher geweigert hatte zu benutzen, gegriffen wie nach einem Tutti-Schwein-Geigenbogen. Sein Strich klang gar nicht gut.

Hai, Wal oder Grüß Gott!

Eines der größeren Probleme unserer Tage ist und bleibt das Grüßen. Man begebe sich nur einmal auf eine Bergwanderung, auf der einem die Heerscharen der Schwitzer und Keucher auf schmalsten Wegen entgegenstolpern. Vom angestrengten Beiseiteblicken bis zum ungefähren Brummen ist da verlegenheitspanoramamäßig alles drin. Ein alter, guter, deshalb auch ironisch gebildeter Professor des szenischen Gewerbes, der an einer Hochschule künftige Schauspielregisseure zu bilden sich angelegen sein ließ, hat einmal seufzend angeregt, seine Studenten (beiderlei oder auch ohnerlei Geschlechts) verpflichtend ein Manieren-Grundseminar besuchen zu lassen, in welchem ihnen allein beigebracht würde, Ungeheuerlichkeiten wie »Guten Tag«, »Bitte«, »Danke«, »Auf Wiedersehen« und dergleichen als einen ihnen offenbar völlig fremden Kontinent, bestehend nur aus einer lieblichen Landschaft antiker Höflichkeitsrelikte, zu erobern. Denn sie kämen weitgehend mit »Ey!«, »Tschü!« oder »Hi!« über die Runden. Letzteres klingt wie »Hai!« und müsste beim Gegenüber zwingend einen »Wal!«, wahlweise auch einen »Hecht!« oder wenigstens einen »Hering!« zur Folge haben, hat es aber viel zu selten. Der ältere Rest der Menschheit begnügt sich mit »Hallo!«, als solle der Gegrüßte erst aufgeweckt werden. »Guten Tag« oder so ist zwar das in Restbeständen Gängige, aber es fröstelt einen immer leicht dabei. Das warme, herzliche »Grüß Gott!«, mit dem in Bayern und Württemberg auch dezidiert Gottlose einander ganz selbstverständlich begegnen, wird einem in weiten Teilen der Republik als reaktionärrisch ausgelegt. Letzthin antwortete eine Arzthelferin höhnisch auf meinen dementsprechenden, das höchste Wesen süddeutsch-barock mitehrenden Gruß, sie werde ihn schon grüßen, wenn sie ihn treffe. Darauf ich: »Werden Sie sich noch wundern!« Seither gelte ich auch in den Sphären von Blut und Eiter als frommer Mensch.

Quasi nulla fantasia

Man hat nicht aufgepasst. Also den Moment verpasst. In dem entschieden wurde – aber was heißt schon entschieden, womöglich hat man einfach einer Faulheit oder auch nur Träggeschliffenheit nachgegeben –, dass einem von heut' auf morgen ein *f* für ein *ph* vorgemacht wird. Das ist schon vielen Wörtern so passiert, die sich urplötzlich oder wenigstens von gestern auf morgen auf offener Szene eine andere Maske übergezogen haben oder überziehen mussten. Dem *Photographen* beziehungsweise seinen *Photos* erging es dabei ebenso wie dem *Stenographen* oder dem *Phonographen*. Wobei es, zugegeben, reine Schreibmasken waren, die da plötzlich das *Ph* zum *F* umkostümierten. Es hat an ihrem Sinn, ihrer Würde und ihrer Bedeutung nichts geändert. Dass ein lauter unzulängliche Figuren und Verhältnisse so grandios zulänglich durchdringender Erzähler wie Martin Mosebach in seinen Romanen auf seinem »Sopha« oder dem »Telephon« besteht, zeigt allenfalls, dass er in alten Schreibschichten die Gebrauchs- und Reliktablagerungen von Comments freilegt, die ins Heute hereinfunkeln wie kostbare Fremdheitsreste, die da ihr ganz eigenes Spiel zu treiben beginnen. Aber selbst die faulsten und dümmsten *Ph*-Verächter würden – noch! – vor dem *Philosophen* haltmachen, weil der *Filosof* dann doch jeder Weisheitsliebe allzu buchstabenproletenhaft spotten würde.

Was aber ist mit der *Phantasie* und mit der *Fantasie*? Bisher besaß eine *Fantasie* die Opuszahl eines Musikstücks wie zum Beispiel Beethovens zwei *Quasi-una-*

fantasia-Klaviersonaten op. 27 (in Es-Dur und cis-Moll) oder Schumanns herrliche *Fantasiestücke* op. 12, um nur die berühmtesten zu nennen; auch konnte einer *Fantasie* ein Bild-Inhalt zuwachsen (Goya) oder es konnte ihr ein Buchtitel oder eine ganze Erzählung (E. T. A. Hoffmann) passen. Die *Fantasie* war und galt als ein Werk. Die *Phantasie* aber war – bisher – ein Besitz. Eine Eigenschaft. Eines Kopfes. Eines Geistes. Eines Charakters. Sie gehörte zu einer Persönlichkeit. Und wohl auch zu ihrer Fähigkeit, womöglich *Fantasien* zu komponieren oder zu malen oder zu schreiben oder einfach nur ins Blaue hinein zu träumen, zu spinnen und Gedanken, Pläne, Konzepte, Artikel, Glossen, Bücher, Welten, Wirtschaften, Politiken etc. zu entwerfen. Wenn jetzt alle – aber was heißt schon alle, es sind halt immerhin die großen Zeitungen – nur noch von *Fantasie* schreiben und dafür die *Phantasie* ganz verbannen und zum Beispiel einen Politiker zitieren, der gesagt habe, ihm fehle »die Fantasie«, sich eine Koalition mit dem oder jenem vorzustellen, dann wird der Geist buchstäblich verwerkelt und verscherbelt. Allerdings nicht zu Kunst.

Wie man einen Stotterbock schießt

Der Moderatorin des Zweiten Deutschen Fernsehens ist ein deutscher katholischer Bischof zugeschaltet, den man natur- und TV-gemäß vor der Kulisse seiner Domkirche postiert hat. Schon das deutet darauf hin, dass er vieles, wenn nicht alles mit sich machen lässt. Die Moderatorin hat zwar wenig, was für sie einnimmt, dafür guckt sie zu streng, aber sonst alles auf ihrer Seite. Vor allem die so still wie durchdringend strahlende Aura des Richtigen, des Passenden, des Bewusstseinsgusseisernen. Damit schickt sie eine ganze zuschauende Nation in die Sprachschule, auch wenn der Großteil der Republik diese Schule liebend gerne schwänzen möchte. Doch da kennt die Moderatorin kein Pardon. Sie fängt alle »Schwänzer*innen« mit dem landesweit geworfenen ZDF-Lasso ein. Das scharfe Stacheldrahtverhauzeichen mitten im Wort, das den verharmlosenden Namen ›Sternchen‹ trägt, wiewohl es sich sämtliche Netzhäute böse ritzend potentiell zu ruinieren angelegen sein lässt, verhüllt sie mit dem Weihrauch einer jeweils feierlich zelebrierten Atem- beziehungsweise Stotterpause. So dass sie dem Bischof die »Katholik*innen« und »Christ*innen« um die von Missbrauchsskandalen und Kirchenkrisen und Papstinterventionen längst arg rot gewordenen Ohren haut (ungeachtet der Tatsache, dass es eigentlich »Katholiken*innen« und »Christen*innen« heißen müsste, folgte man der Logik, dass alle Geschlechter im Sternenstaub pluralistisch gleichberechtigt auftauchen sollten), sogar die »Mitglieder*innen« der Kirche bemüht und überhaupt sauertraulich lächelnd in einem Schaumbad von Sprachkorrektheit und peinlicher Sprachbeleidigungsvermeidung plätschert.

Bis zum Moment, wo die direkte Anrede fällig wird. Da schießt die Überkorrekte und Überbemühte und Überrespektvolle sozusagen lauter Stotterböcke, fällt ins betont Schnoddrige, Aufsässige und keinerlei Würden und Ämter und Distinktionen beziehungsweise Diversionen Respektierende, ja diese geradezu Negierende, und tituliert Seine Exzellenz, den hochwürdigen Herrn Bischof, mit nichts mehr als mit seinem bürgerlichen Namen, schnöde als »Herr Bätzing«. Sprachlich von gleich zu gleich. So, als würde sie, nur mal zum Vergleich, ganz locker dann auch Seine Heiligkeit, den Pontifex Maximus Franziskus, kriegte sie ihn zum Interview zugeschaltet, mit Herr Bergoglio oder eventuell Herr Franziskus anreden. Von seiner Heiligkeit, dem Dalai Lama ganz zu schweigen (»Herr Lama«?). Wir erinnern uns in diesem Zusammenhang gerne an den wunderbaren alten weißen Mann Bruno Kreisky, seines Amtes und Zeichens weiland österreichischer Bundeskanzler, der in einem seiner schönsten, kultiviertesten Fernsehauftritte den ihn befragenden Journalisten konsequent mit »Herr Redakteur«, mit langezogenem, sonorbassfundiertem Redaktöööör-Umlaut, anredete. So dass dem Herrn Redakteur im Gegenzug anderes als ein »Herr Bundeskanzler« gar nicht mehr möglich war. Und sofort hergestellt waren: Respekt, Achtung, Würde, Distanz. Auf beiden Seiten. In seligen Zeiten.

Herrn Marders Farbenlehre

Die Stimme am Telefon wirkt irgendwie blond. Also lieb. Stellt sich auch gleich mit einem Doppelnamen vor. Fällt dann vom Diskant in einen etwas angerauhten Mezzo, weshalb sie jetzt doch etwas brünett tönt, nennt weiterhin den Namen eines riesengroßen Versicherungsunternehmens, für das sie arbeitet, wobei sie eine Färbung ins Rötliche bekommt. Sie habe eine Unfallmeldung vorliegen, meinen Personenkraftwagen betreffend. Ein gewisser Herr Marder habe offenbar einen Motorschaden bei mir verursacht. Auf meine Gegenrede, dass dies kein Herr, sondern ein tierischer Lümmel gewesen sei, geht sie nicht ein, sondern eine Kriterienliste durch. Was Herr Marder sich denn zuschulden habe kommen lassen? An dieser Stelle changiert ihre Stimme in eine Art Ärmelschonergrau. Der Marder habe einen Kühlwasser- und einen Bremsflüssigkeitsschlauch zerkaut und ein Elektrokabel durchbissen. Wo Herr Marder wohne? Genaue Adresse? Nummer und Anschrift seiner Versicherung? Auf meinen Einwand, dass Marder keinen festen Wohnsitz hätten, driftet die Stimme der Dame ins gutgemeint Gelbe. Sie müsse dann wohl Herrn Marder als Obdachlosen betrachten, womöglich mit Migrationshintergrund? Ob die Polizei Herrn Marder denn einvernommen habe? Nein, das habe die Polizei nicht, sie hätte wohl auch Schwierigkeiten mit dem interkulturellen Austausch gehabt. Interkulturwiewardasnochgleich? Vergessen Sie's, tröste ich die Stimme, die jetzt farblich ganz eindeutig wird: Sie sehe für meinen Fall ziemlich schwarz.

Lö Bäh

Wo die Judengasse endet, fängt, halb am Berg gelegen, das Franzosenviertel an. Im Franzosenviertel haben nie Franzosen gelebt. In der Judengasse aber wohnten wohl irgendwann im Mittelalter noch Juden, später durften sie sich auch in den Quartieren der übrigen Stadtbevölkerung niederlassen. Noch später wurden sie von dort verjagt, in Güterwaggons gepfercht, in Lager gebracht, ermordet, ihre Häuser, Geschäfte, Wert- und Kunstgegenstände wurden »arisiert«, das heißt den am schnellsten zugreifenden Diebsgelüsthänden ihrer sich Christen nennenden ehemaligen Mitbürger und Nachbarn niedrigstbietend überlassen, ihr Gotteshaus brannte man nieder. Es blieben von ihm nicht einmal Ruinen. Der Name aber blieb der Judengasse. Wer dort ohne einen einzigen Juden um sich herum aufwuchs, kultivierte trotzdem einen gewissen Distinktionsstolz: »Ich komm' aus der Judengass'« wirkte wie ein Orden der abgehobenen Absonderlichkeitsklasse, die der Absonderlichkeit ähnelte, die man den Bewohnern des Franzosenviertels zuschrieb. Die ja gar keine Franzosen waren. Warum man sie so nannte, wusste keiner mehr. Nicht einmal sie selbst. Jeder aber genoss das gewisse Gran sottisenhafter Mutwilligkeit, mit der man sie heraushob und sie selbst sich eigenstolz auszeichneten.

Wer dort Irene hieß, wurde beispielsweise »Schirée« gerufen. Alle Hanse oder Johanns kamen als »Schaans« daher. Die Ludwigs als »Luuis«. Die Gerhards als »Schärraars«. Die stark erd- und scholleverbundenen Edelmanns, die ihr Wohnhaus mit einem der landwirtschaftlichen Nebenerwerbstradition der Familie verpflichteten Misthaufen vor der Tür krönten, kannte man nur als die »Schentills«, worin wahrscheinlich der gentilhomme verballhornt ward. Und die dort zahlreich vorhandenen Kleintierzüchter scheuchten ihre Hühner mit »alle, alle, wuz, wuz« des Abends in ihre Ställe. Vor allem aber kam aus dem Franzosenviertel »Lö Bäh«. Ein Wrack. Ein Gespenst. Hoch geschossen. Dürr. In einem fadenscheinigen, verschlissenen Bratenrock steckend, die dazu nicht passende Hose nur lose mit einem Strick an der kaum vorhandenen Taille befestigt. Mit allen Extremitäten wie eine Gliederpuppe schlotternd. Den mit pergamentdünner Haut überspannten schmalen Schädel, der unaufhörlich hin und her wackelte, zierten wirr verwuschelte, schlohweiße Haare. Jeder seiner Auftritte vom Berg herunter in die Judengasse hinein: eine sensationelle Szene. Raumgreifend. Er benötigte nicht nur das Trottoir der Judengasse, sondern deren ganze Breite, um vorwärts zu kommen. Was eigentlich kein Vorwärtskommen war. Mehr ein Seitwärtstorkeln, das sich irgendwann in ein Geradeaustaumeln verwandelte. In langen, schlenkernden Bewegungen, umweht von einer gewaltigen Schnapsfahne, in die hinein er viele langgezogene, aus Brusttiefen hervorkollernde »Bääääahs!« stieß. Mehr an Lauten war ihm nie zu entlocken. Daher sein Name.

Er bildete für die spottlustige Kinderbagage der Judengasse eine tagtäglich herbeigesehnte Attraktion aus Lust, Angst, Verachtung und Faszination. »Lö Bäh« war der Absonderlichste der Absonderlichen aus dem Franzosenviertel. Mit seiner Gang- und Sprech- und Sauf-Art soll er, wie die älteren Leute den Kindern nur ungern erklärten, im Alter von fünfzehn Jahren angefangen haben. Am Kriegsende. Als die einrückenden Amerikaner die Judengasse besetzten und von dort aus ins Franzosenviertel ausschwärmten. Dort hatten diejenigen, in deren Waggons die Juden, die schon lange nicht mehr in der Judengasse wohnten, in die Vernichtungslager transportiert und dort ermordet worden waren, ein paar jungen Burschen befohlen, als »Werwölfe« den Feinden, die längst gesiegt hatten, »bis zum letzten Blutstropfen« Widerstand zu leisten. »Lö Bäh« stürmte mit einer Mistgabel auf sie zu. Ihn übersah der Feind. Sein Bruder aber, der einen großen Stein auf den Feind warf, den dieser wohl für eine Handgranate hielt, wurde erschossen. »Lö Bäh« sah die Augen seines Bruders unter einer großen, klaffenden Stirnwunde brechen. Seither war er noch mehr anders als die anderen Andersartigen. Bis kurz vor seinem neunzigsten Geburtstag neulich hielt er durch. Dann starb er. Generationen von Judengassenkindern hatte er sehr anschaulich den Krieg nahegebracht.

Französischer Freund, deutsches Theater

Er spricht eleganter, fehlerfreier Deutsch als die meisten Deutschen. Deren Land er sehr liebt. Nur an seinem weich fließenden, gaumenmusikalischen Akzent hört man, dass er Franzose ist. Gebürtig aus Marseille. Germanist. Hat eine Professur in Straßburg. Und bekennt, dass er sich seit Langem mal wieder in ein deutsches Theater gewagt habe, erst in München, dann in Berlin. Er habe dort aber die Häuser mit Ohrenschmerzen wieder verlassen. Ob ich ihm sagen könne, warum die deutschen Schauspieler alle so laut seien? Warum sie über Stunden hinweg brüllten? Schrien? Tobten? Warum sie wie in Raserei immer wie am Rand des Wahnsinns entlangtaumelten? Und warum sie kaum zu verstehen seien? Die Sprache zerkrachten und zermatschten? Sie offenbar als die größte, die hässlichste Störung ihrer spielerischen Selbstverwirklichung betrachteten und sie anscheinend aus Herzens- und Bauchgrund hassten? Und ob es mir schon einmal aufgefallen sei, wie übergenau, wie sorgfältig und ehrfürchtig, wie betont und artikuliert und beherrscht selbst noch in brutalen Szenen die französischen Schauspieler mit ihrer Sprache umgingen? Das komme wohl daher, entgegnete ich ihm, dass die deutschen Schauspieler und ihre Regisseure eine derartige Riesenangst vor allem Großen, Erhabenen, Schönen, Poetischen hätten, dass sie es wie böse Geister durch ihren Irrsinnsschreilärm vertreiben möchten. Und also als Allererstes immer die Sprache über die Klinge springen ließen. Während es für Franzosen eben nichts Schöneres als das Schöne gebe. Und sie also ihre Sprache als Allerletztes aufgeben würden. Darauf hat er nur gelächelt.

Knechte der Bühne

Nun, da die Theaterkrise wieder mal im schönsten Gange ist und die Schauspielhäuser nicht nur über Spielzeiten hinweg von einem bösen Virus monatelang lahmgelegt waren, sondern offensichtlich auch gar nicht mehr zu wissen scheinen, was sie von sich und vor allem von ihren Schauspielern halten sollen, die sich plötzlich zu beschweren beginnen, sie würden von selbstherrlichen Spielvögten und Intendanztyrannen missbraucht und dürften sich als Knechte der Bühne zwar schreiend und tobend, aber dann doch gehorchend allem unterwerfen, was ihren Sklavenszenentreibern durch die Konzeptionsrübe rausche, ohne dass sie sich dagegen wehren könnten, werfen wir einen Blick – einfach mal zurück. Im *Almanach für das Königliche Hoftheater in Stuttgart auf das Jahr 1846* lesen wir: »Ein flüchtiger Blick auf die inneren Zustände aller Bühnen läßt uns leicht entdecken, daß fast allenthalben den meisten Schauspielern die ihnen gebührende Stellung als Künstler nicht eingeräumt wird; daß ihr höchstes Gut, ihr Talent nämlich, nicht in dem Dienste einer höheren Idee gebraucht wird; und endlich, daß sie mit dem Mißtrauen, mit dem Mangel alles Wohlwollens ziemlich allgemein von ihren Vorgesetzten behandelt werden, welches durch das Vorurtheil gegen ihren Stand Manchem nothwendig erscheint. Läßt man dem Gesagten Berechtigung wiederfahren, dann kann man auch begreifen, daß sich die Schauspieler so häufig gedrückt und verletzt in ihrem Verhältniß fühlen.« Der Almanachist schlägt vor: »Das ganze Geheimniß, um den Schauspieler in einem günstigern Lichte vor sich erscheinen zu lassen, besteht darin, daß man ihm als Mensch und als Künstler seine Berechtigung einräumt.« Die Saison 1846/47 fängt offenbar immer mal wieder von Neuem an.

Tod eines Schauspielers

Er war Schweizer. Das hörte man ihm an. Seine weiche, leicht sonor vibrierende Sprachmelodie hatte immer den ironischen Beiklang eines Missbehagens, das ein Grundbehagen in Gaumenlage immer in Zweifel zu ziehen schien. Fritz Lichtenhahn war körperlich klein, zart, fein, ein eleganter Künstlerbürger mit dem luftgeistigen Arielstab im Mimentornister. Er gehörte zum sehr seltenen Typ des Schauspielers, der mit den Figuren, die er spielte, nie ganz fertig war, immer noch und immer weiter auf dem Weg zu ihnen befindlich. Für ihn hielten sie sich allemal ein wenig oberhalb von ihm selbst auf. Er schaute nicht auf sie herab. Er schaute zu ihnen auf, lächelnd, blinzelnd, staunend, oft auch amüsiert. So kam er ihnen leise versuchsnah, während viele seiner Kollegen der Devise »Auf sie mit Gebrüll!!« folgen. Er war unnachahmlich als »Mann vom Grünstreifen« im *Gleichgewicht* von Botho Strauß; als Alt-Dichter Gottfried Keller, der seinen siebzigsten Geburtstag in Thomas Hürlimanns *Lied der Heimat* im Gumpoldskirchner Wein ertränkt; als Edgar in Strindbergs *Todestanz*, der den Ehekrieg weniger durchleidet als vielmehr durchtänzelt. Er war wunderbar. Wenn auch theaterlebenslang ziemlich einsam. Ein Telephonanruf von ihm: Bitte, es sei mir wahrscheinlich nicht recht, er wisse, dass ich es nicht schätze, wenn die Leute von der Gegenseite, also jenseits der Rampe, sich bei mir meldeten, aber er benötige dringend einen Artikel aus dem Archiv meiner Zeitung. Auf meine Gegenfrage, warum er sich denn nicht mehr bei mir melde, wie ich es am allerliebsten hätte, nämlich von der Bühne herab, antwortete er, ihm fehle seit einiger Zeit die Fähigkeit, sich Texte zu merken. Und für Schauspieler seiner Art sei das die Existenzgrundlage. So müsse er dem Theater von nun an alles schuldig bleiben. Oder, da wird er lachend bitter, es den Textverächtern, die sich gar nichts merkten, halt vollends überlassen. Dann kam die Nachricht von seinem Tod. Sie blieb in der Öffentlichkeit ohne Erwähnung und Resonanz. Niemand hat ihn vermisst. Dabei kam man kaum daran vorbei, ihn zu lieben.

Tod eines Kritikers

Seine Frau hat ihm an jenem Mai-Nachmittag noch einmal Spargel zubereitet. Er hat ein paar davon gekostet, das Weißweinglas erhoben und ihr zugeprostet. Dann hat er seinen von der langen Herzkrankheit völlig ausgezehrten Körper, der einst mächtige Schädel war zu einer Art Vogelköpfchen geschrumpft, zur Chaiselongue geschleppt, noch einmal kurz gelacht, tief geatmet und sein Leben ausgehaucht. Sein letzter Tagebucheintrag lautete: »Ich bin ein medizinisches Wunder: nicht gesund zu kriegen!« Sein letzter Telefonanruf, ein paar Stunden zuvor, endete: »Ich bin so sterbensmüd', dass ich es keinem Menschen erklären kann.« Seine letzte Sorge war, wie mir sein Sohn gestand: »Ist der Nachruf geschrieben? Ruf', wenn ich tot bin, als Erstes den Stadelmaier an.« Denn es war dem lachenden Melancholiker und fröhlichen Agnostiker Georg Hensel ein geradezu eschatologisches Bedürfnis, sozusagen aus der Ferne des Ungewissen mit dem, was man wissen könnte, zu spielen. Und weil er dem Theater ein Kritikerleben lang immer auf der Genuss-Spur war und es als Spielfreudenhaus begriff, es für ihn keinen Trost im Jenseits, nur eine Schönheit und einen großen Spaß im Diesseits gab, trotzte er auch seinen vielen Leiden eine unaufhörliche Lebensfeier ab. Und dazu gehörten für ihn Nachrufe. Die Grüße hinüber ins Reich der Toten, die sich nicht mehr dagegen wehren können. Zwar war seine Devise: »Einmal muss es vorbei sein« – nicht beweint und bedauert, sondern froh gesummt im Tempo von *La Paloma*. Und vor dem

Tod habe er keine Angst, hat er mir einmal – naturgemäß unter Gelächter – gebeichtet. Ihn ärgere an der Sache nur, dass er die Nachrufe auf sich dann nicht mehr lesen könne. Er hätte auch die Feier seines Nachlebens noch gerne genossen.

Was soll das Theater?

Theater zeigt wirklich, was in Wirklichkeit nicht ist. Hamlet stirbt wirklich und hoffentlich wahrhaftig auf der Bühne (es sei denn, der Regisseur spendiert ihm in einem Anfall von Einfallspinselei ein ewiges Weiterleben per Video) – aber nicht in Wirklichkeit. Er verbeugt sich, geht womöglich in der Kantine dann noch ein Bier trinken und fährt endlich mit der Straßenbahn nach Hause. Denn Hamlet ist eine Figur, und alle seine dramatischen Schwestern und Brüder sind es auch. Hamlet besteht aus Kunst und Poesie und Phantasie. Er hat keine Identität. Er hat: Möglichkeiten, millionenfach. Er hat den Reichtum einer abertollen Luft um sich herum, in die hinein er sich entfalten und vermehren, explodieren oder sich verkriechen kann. Und seine dramatischen Schwestern und Brüder haben diese Luft auch, wenn sie denn gut sind. Eine Frau (Angela Winkler, 1999, in Zadeks Jahrhundertinszenierung: der zarteste Prinz aller Zeiten) kann den Hamlet ebenso spielen wie ein Dicker oder ein Dünner, ein Schwarzer (Adrian Lester, 2000, in Peter Brooks Jahrtausendinszenierung: der nach sich selbst suchendste Prinz aller Zeiten), ein Schwuler, ein Hetero, ein Gelber, ein Roter, ein Irgendwer. Keiner von ihnen muss dem dänischen Königshaus angehören, um den Dänenprinzen zu spielen. Genauso, wie kein Schauspieler seinen Vater umgebracht, seine Mutter geheiratet und sich selbst dann die Augen ausgestochen haben muss, um dem Ödipus Gestalt und Gesicht zu leihen.

Es gehört zum urältesten Paradox des Theaters, dass es alle seine Wirklichkeiten nur als Vorstellung darbietet, aber nicht in Wirklichkeit. Wenn in Düsseldorf ein schwarzhäutiger Schauspieler fordert, dass nur noch Schwarze Schwarze spielen dürfen sollten, wenn es als übergriffig und diskriminierend empfunden wird, wenn nichtschwule Mimen sich erdreisten, einen Homosexuellen zu spielen, oder als rassistisch und als ›Yellowfacing‹, wenn Nichtasiaten in die Rollenhaut von Asiaten schlüpfen, oder wenn ein Badener sich erdreistete, einen Württemberger zu verkörpern, dann hat eine verheerende Verwechslung stattgefunden: des Theaters mit dem Leben. Es wäre ein Theater, das sich selbst abschaffte, zerfallend in lauter Identitäten, die eifersüchtig auf die Einhaltung ihrer Hautfarben- und Ethniengrenzen pochten und somit einen Ausschließungsrassismus par excellence zelebrierten. Denn dann müsste der auf der Bühne bisher nur wirklich sterbende Hamlet ja auch in Wirklichkeit tot sein. Wobei horrende Beerdigungskosten auf die Schauspielhäuser zukämen. Was ihnen ganz recht geschähe.

Drei Matten, eine Frau

Auf dem schwarzen Bühnenboden liegen nebeneinander drei weiße Matten. Auf jeder von ihr hat ein ganzes Leben Platz. Jedes Leben in einen Brief gefasst. Drei Abschiedsbriefe von drei Frauen. An einen Mann. Die eine Frau hat er geheiratet, die zweite geliebt, die dritte, die Tochter der Geliebten, beonkelt. Ihre endgültig letzten Briefe an ihn klirren jeder eisesglühend. Es liegt auf ihnen der Rauhreif der Verfrorenheit von Liebe und Lüge und Betrug. Der Mann, an den sie gerichtet sind, ist ein Jäger. Er tritt nicht im Theater, nur in den Briefen in Erscheinung. Mit seinen Setter-Hunden und seinem Jagdgewehr, das auf seinen traurigen Rücken drückt, durchstreift er, eine Matrosenpfeife im Mund, das Amagi-Gebirge in Japan. Ein Dichter sieht ihn von ferne, ist angerührt von der unsäglichen Verlorenheit seiner Erscheinung und macht sie zum Gegenstand eines Gedichts, das er in einer Jägerzeitung veröffentlicht, worin es der Jäger liest und sich derart getroffen fühlt, dass er dem Dichter die Briefe der drei Frauen schickt – mit der Aufforderung, sie zu lesen und anschließend zu verbrennen: drei Leben im Feuer. Aus diesen Briefen besteht die Novelle *Das Jagdgewehr* des japanischen Schriftstellers Yasushi Inoue, der von 1907 bis 1991 lebte und sie 1949 schrieb, als auch Japan verbrannt war. Es liegt wie gefrorene Asche über diesen Briefen.

Man könnte nun einwenden, dass es genügte, sie zu lesen, und Inoues Novelle ist so wunderkalt, dass sie auch heißere Zeiten unversehrt überdauert. Man könnte finden, dass man dazu nicht ins Theater müsste. Abgesehen davon, dass Novellen so wenig wie Romane auf dem Theater etwas zu suchen haben. Denn das, was sie ausmacht und ihnen erst das Recht verschafft, in der Welt zu sein, ihr Erzähler nämlich, der raunende Beschwörer des Imperfekts, hat auf dem Theater keine Auftrittsmöglichkeit. Er steckt über und zwischen den Zeilen, die die Welt erschaffen, nicht auf den Brettern, die die Welt bedeuten. Romane und Novellen spielen im »Es war einmal«, Theater spielt im »Es ist«. Aber dann stellt sich eine große Schauspielerin auf die erste weiße Matte, ganz rechts. Und man vergisst, dass man jetzt eigentlich im Sessel sitzen und das Ganze lesen müsste. Sie ist barfuß, trägt ein kurzes, einfaches, malvenfarbiges Kleid und dreht nervös ein kleines Plüschspielzeug in den Händen. Sie spricht, spielt, lebt den Brief der Tochter der Geliebten des Mannes vor, die am Tag, als ihre Mutter starb, deren Beziehung zum Jäger entdeckt. Dem Entsetzen des Mädchens, dessen Erwachsenen-, Mutter- und Weltbild zusammenbricht, dem Ekel der Betrogenen, der Scham der Geschockten, die auf einmal die Liebe als »unterirdisches Tier« wahrnimmt, gibt Corinna Harfouch ein staunend-empörtes, wie unter Qualen explodieren wollendes Gesicht, das, was zur faszinierenden Kunst dieser Schauspielerin gehört, noch das Schreckliche in eine Beherrschtheit fasst, der eine leichte zynisch-humane Schnoddrigkeitsfärbung beigemischt ist. Sozusagen ein japanischer Pubertätsscherenschnitt mit Prenzlauer-Berg-Konturen. Diese junge Frau ist hier nicht fertig. Sie ist Teil – einer Person, die sie werden könnte.

Dann wäscht sie sich hinten an einem Tisch sozusagen die junge Frau ab, tunkt ihr Gesicht in Wasser, reinigt ihre Füße und setzt sich auf der mittleren Matte auf einen Schemel, von dem herab sie leise, sarkastisch, mit unendlicher Nüchternheit, aber unter den Schmerzen, die von scharfkantigen Ehebruchstücken in ihre Seele geritzt wurden, den Brief der Ehefrau des Jägers vorlebt, vorbebt. Ein lebenslanges Anrennen gegen »die Festung, die du warst«, wobei sie das Verhältnis ihres Mannes zur Geliebten von Anfang an durchschaute, dessen Lebens- und Liebeslüge sie wie ihre eigene (sie hat ihn auch mit allerlei Männern betrogen) nun abstreift wie einen unpassenden Kimono und um die »Beendigung unseres Ehegeschäfts« bittet. Auch diese Frau ist hier nicht fertig. Sie ist Teil – einer Person, die sie gewesen sein könnte.

Am Ende, auf der dritten Matte ganz links, nachdem sie sich auch die zweite Frau gleichsam abgewaschen hat, kauert sie und streicht sanft und zart und wie in nüchternster Lebensbilanztrance mit der Hand und der Stimme über den Brief der Geliebten des Jägers, die Gift nahm und gleichsam aus dem Grab heraus dem Mann, dem sie ihr Leben opferte, gesteht, dass sie unfähig war, zu lieben, nur darauf aus, geliebt zu werden. Es ging nie um ihn. Es ging immer nur um sie. Eine betrogene Betrügerin. Auch sie ist hier nicht fertig. Sie ist Teil – einer Person, die sie nie sein konnte.

Es ist, wie gesagt, im Bühnenmodegeschwätz so viel von Identitäten in den Theatern die Rede, von dem, was nur der eine sein darf und der andere nicht, und wenn er's doch wagte, sich des politisch inkorrekten Aneignungsübergriffs aufs Fremde, Andersartige schuldig machte. Dass, wer mit sich selbst identisch sein will, erst entdecken muss, wieviele andere in ihm stecken, ist offenbar allein noch als ein »Es war einmal« zu haben. Damals, im Theater. Lange her.

Die Kalte brennt nicht

Es war wie ein kleines Wunder, dass jener rosig wirkende Herr in der Halle des Flughafens nicht sofort vom Aufsichtspersonal ermahnt oder verwarnt wurde. Denn er trug zwischen seinen genüsslich sich bewegenden Lippen eine halbwegs lange, wiewohl nicht dicke Zigarre. Sind schon Zigaretten auf Flughäfen oder Bahnhöfen nur hinter gefängnisartigen Abschränkungen oder in glasbunkerartigen Zellen zu konsumieren erlaubt, so dass die dort Qualmenden immer wie verbannt scheinen, stehen Zigarren oder auch Pfeifen (»Aus Rücksicht auf Ihre Umgebung«) selbst in solchen Raucherzuchtzonen unter absolutem Verbot. Also hätte jener Herr mit seiner Zigarre sich gleich doppelt vergangen. Wiewohl: Seine Zigarre war kalt. Und blieb kalt. Womöglich hat er sie mit ins Flugzeug genommen. Man wäre gespannt auf die Reaktion des Kabinenpersonals gewesen. Hätte es eingegriffen? Die Kalte als Verkündigung einer Heißen empfunden und dementsprechend (»Dies ist ein Nichtraucherflug«) unter Kuratel gestellt? Aber wenn die Zigarre gar nicht geraucht, wenn sie nur getragen wird als ein Genuss-Stück ohne Genuss, jedenfalls ohne den von ihr erwartbaren Genuss – was wäre dann das Verbotene?

Auf jeden Fall erregte jener Herr mit seiner kalten Zigarre mehr Aufsehen, als wenn er sie wirklich geraucht hätte. Im Strom der ihm Entgegenkommenden drehten sich alle Köpfe zu ihm hin. Er ward, gleichwohl er makellos gekleidet schien, unter all den üblichen Sonderlingen, die einen Flughafen tagtäglich frequentieren, als besondere Betriebs- und Verlaufsstörung, als gravierendes Üblichkeitshemmnis wahrgenommen. Man dachte natürlich sofort an den Theaterregisseur Fritz Kortner, von dem es eindringliche Abfilmungen seiner Proben gibt, in denen er monatelang hinterm Regiepult auf seinen kostbaren kalten Zigarren herumkaut, -knurrt, -mahlt, -beißt, sie auch nicht aus dem Mund nimmt, wenn er Anweisungen an die Schauspieler gibt: »Länger küsssssääään!« oder »Wääälchen Beruf schwänzen Sie gerade?« Kortner war nicht nur ein großer Regisseur, sondern der größte Nicht-Raucher unter den Rauchern. Noch seine kältesten Zigarren wirkten wie hocherhitzte Zündstäbe seiner Einfälle, die samt und sonders Unnachgiebigkeiten waren: jeder Geste, jedem Wort bis auf den Wurzelgrund hinterherfunkend – ohne dass wirklicher Rauch aufsteigen musste. Ganz wie es das Grundgesetz des Theaters befiehlt: wirklich zu zeigen (und wie!), was in Wirklichkeit nicht ist. So auch der Herr jüngst im Flughafen. Die kalte Zigarre verschaffte ihm einen ungeheuren Auftritt. Er war kein Raucher. Er spielte nur einen. Und das schien viel unverschämter, umwerfender, tolldreister. Der Mann war, was immer er auch sonst war, unbedingt ein Mann des Theaters.

Die Hexe brennt

Kinder lassen sich nichts vormachen. Als einmal in einer *Hamlet*-Premiere der Münchner Kammerspiele der Prinz von Dänemark zum Dolche griff und laut überlegte, ob er seinen betend knienden Stiefvater hinterrücks ermorden dürfe, tönte eine Piepsstimme aus dem Publikum: »Obacht, König! Hinter dir is' oana!« Kinder lassen sich deshalb nichts vormachen, weil das Vorgemachte für sie das Wirkliche ist. Der Schein ist für sie das Sein. Berühmt ist die Anekdote, wie in einer Aufführung von Engelbert Humperdincks wunderbarer, leider immer nur zur Weihnachtszeit gespielter Oper *Hänsel und Gretel* die Hexe gerade vorm Ofen kauerte, als ein Kinderschrei durchs Haus gellte: »Jetzt, Gretel, tritt sie in den Arsch!« Wenn die Hexe unter herrlichstem Orchesteraufruhr in den Ofen fährt, dann braust, ob in Stuttgart, Hamburg, Dresden, München, Berlin oder Heidelberg, Beifall auf. Die Kinder bejubeln das Schicksal der Figur, nicht die Leistung des Theaters. »Die Hex' ist tot!« wird für sie zum Erlösungschor. Die Welt ist wieder in Ordnung. Es ist der Beifall der Gesinnung, der da brandet. Bei Kindern ist er zauberhaft, unschuldig. Ihre Gesinnung ist eigentlich keine. Sie ist angeborene Sehnsucht nach Geborgenheit, Vertrautheit. Gesinnung wird erst dann zur Gesinnung, wenn sie erwachsen wird. Sie ist das Ergebnis einer Eroberung. Erobert wird etwas Festes, Gesichertes, das zum Vertrauten wird, auf das man sich immer verlassen und berufen kann. Gesinnung unterscheidet nicht zwischen Schein und Sein, weil sie immer nur zwischen

Gut und Böse unterscheidet. Sie urteilt nicht theatralisch; richtiges Theater kann keine Gesinnung haben, schon deswegen, weil die Bösen auf der Bühne in der Regel viel interessanter sind als die Guten. Humperdinck zum Beispiel hat für die Hexe schönere Passagen komponiert als für die Eltern von Hänsel und Gretel.

Würde Gesinnung theatralisch urteilen, nähme sie die Welt, wie sie ist. Da sie moralisch urteilt, sieht sie die Welt, wie sie sein sollte, also wie sie nicht ist. Widerspricht die Welt den Weltanschauungen der Gesinnungsbesitzer, fühlen sie sich bestohlen. Was ihnen fast an Vater- und Mutterstelle Wärme und Sicherheit gab, scheint ihnen genommen, das Vertraute, Gesicherte. Dann packt der Gesinnungsbesitzer noch einmal so fest zu, vergewissert sich seiner Gesinnung doppelt. So wird er zum Fanatiker. Der gesinnungsselige Kinderbeifall im Theater macht keinen Unterschied zwischen der Hexe und der Darstellerin der Hexe. Gesinnungen, die bis zum Fanatismus altern, machen diesen Unterschied auch nicht. Nur dass es passieren kann, dass die Darstellerin der Hexe auf dem Scheiterhaufen landet.

Bühne im Licht

Das Schauspielhaus war funkelnagelneu, es ist Jahre her. Ein Riesenbau aus lauter schwingenden Rundungen, eine mit Stahllamellen rundum verkleidete architektonische Riesenplastik, eine Burg mit klitzekleinen Schießscharten, eine Theaterfestung, von der sich schon bei ihrer Fertigstellung Ende der sechziger Jahre herausstellte, dass sie von niemandem einzunehmen war, nicht einmal von der Theaterkunst. Allein für die Bühnentechnik, das Feinste vom Feinen, wurden einundzwanzig Prozent der Gesamtbausumme ausgegeben. Die Beleuchtungsanlage, die modernste und beste, die zu haben war, dazu angeschafft, die Kunst ins rechte Licht zu setzen, war ein Wunderwerk der Technik. Die Supermaschine, einmal programmiert und in Gang gesetzt, würde eine ganze Aufführung lang jede Scheinwerfereinstellung, jede Lichtnuance, jede Filterwirkung, jeden Farbton automatisch zum gewünschten Zeitpunkt liefern. Das hieß erstens, dass der Mensch nicht mehr eingreifen musste. Das hieß zweitens, dass der Mensch nicht mehr eingreifen durfte. Bei der Generalprobe zu einer Uraufführung und der ersten Bewährungsprobe des Wunderdings fiel die Lichtmaschine aus. Alles, was an ihr Plastik war, erwärmte sich, lief heiß, versagte den Dienst. Und es war viel Plastik an ihr. Der Regisseur und Intendant raufte sich die wenigen Haare, die ihm in seinem langen Theaterleben noch verblieben waren, wandte sich hysterisch-pathetisch an einen kleinen, unscheinbaren Mann im leeren Zuschauerraum und fragte verzweifelt: »Monsieur

Ionesco, was sollen wir bloß tun?« Und der große, witzig-absurde Dramatiker antwortete ganz ruhig und fast ein wenig verwundert: »Ach wissen Sie, wenn bei uns in Paris in unserem kleinen Theater so etwas passierte, dann hat der Bühnenmeister eine große Blechbüchse genommen, in ihren Boden ein Loch geschnitten und da durch eine Glühlampe gesteckt. Es war genug Licht.«

Alle drin, keiner da

Das Licht erlischt, der Vorhang geht auf. Der Kritiker in der vierten Reihe sagt laut »Schon Scheiße!«, erhebt sich und geht. Dieser Kritiker ist eine schöne Legende. Er wird zwar gern zitiert, es hat ihn aber leider nie gegeben. Noch der leidensunfähigste Zyniker in diesem Gewerbe wartet zur Flucht wenigstens die Pause ab. Aber ein größeres Publikum, das sich solch legendäres Verhalten zum Vorbild nähme, könnten wir gut gebrauchen. Das Erstaunlichste im deutschen Theater heute sind nicht die Regisseure, die nur das selbst verwirklichen, was ihnen durch die Ich-Rübe rauscht, nicht die Schauspieler, die alles mit sich machen lassen müssen, nicht die Kritiker, die nicht mehr dagegen halten, sondern mehr oder minder brav mitlaufen. Das Erstaunlichste ist das Publikum, das nicht mehr Publikum sein will. Es füllt mehr oder weniger die Säle, ist aber eigentlich gar nicht da; auch volle Häuser wirken oft gähnend leer. Es nimmt nicht teil. Es macht mit. Es nimmt den Theaterabend nicht als einen Fall, auf den es reagiert. Es lässt sich alles gefallen. Seine Reaktion ist keine Äußerung. Sie ist ein sanftes Rauschen, in dem ein paar Bravos für die Schauspieler und ein paar Buhs für den Regisseur plätschernd aufgehen. Man ist – außer vielleicht in der immer noch streng erregten Wagner-Gemeinde zu Bayreuth – zu allen gleich freundlich. Wer zu allen gleich freundlich ist, ist zu den Theaterleuten, zu denen er dann wirklich freundlich sein könnte oder müsste, eigentlich unfreundlich. Einmal, es ist schon sehr lange her, aber kommt mir wie gestern vor, saß ich völlig deprimiert im Freiburger Theater, außer Stande, irgend etwas zu rühren, geschweige denn meine Hände. Denn die Schlacht von Fehrbellin hatte in der Kegelbahn stattgefunden; der Prinz von Homburg putzte minutenlang seinen Eimer mit Klopapier; der Kurfürst meierte den Alten Fritz an, der eigentlich hundert Jahre später dran wäre: »Na, du alte Sau!«

Eine neben mir sitzende Dame der offenbar guten südbadischen Gesellschaft rügte mich in jenem unnachahmlich klirrend-charmanten Dialekt, der es souverän ablehnt, Diphthonge zu akzeptieren: »Sie lasse wohl annere für sich abblaudiere!« Sie stieß das *au* vorschriftsmäßig badisch getrennt in *a* und *u* aus und zeigte mir, wie sehr sie sich für mich mitplagen müsse, als lebte ich auf ihre Kosten. Die Dame hatte während der Aufführung hie und da gegähnt, stellenweise waren ihr die Augen zugefallen; manchmal hatte ihrem Begleiter hörbar zugeflüstert: »Was soll'n dees?« Sie hatte sich ratlos gelangweilt. Aber sie war wild entschlossen am Ende, sich wenigstens fanatisch gelangweilt zu haben. Zum Lohn dafür, dass sie vier Stunden Theaterqual durchgehalten hatte, ließ sie sich ganz und gar ein auf das, was sie peinigte. Die Gefolterte pries die Folter. Wer sich einlässt, leistet keinen Widerstand. Er ist einverstanden auch mit dem, was er nicht versteht. Er macht sich vorsätzlich dumm. Wer sich einlässt, liefert sich dem, auf den er sich einlässt, aus. Früher schrieb man Sicheinlassen anders: Gehorchen. Ein allabendliches Stockholm-Syndrom im deutschen Theater. Man darf aber gar nicht mehr an die Dame im Publikum denken, die nach der Premiere der Schweizer Erstaufführung der *Operette* von Witold Gombrowicz 1971 in Basel (Regie: Hans Hollmann) sich die Bluse vom Leib riss und den Nackten auf der Bühne jubelnd ihre nackten und, wie ältere Kritiker glaubhaft versichern, überaus sehenswerten Brüste entgegenstreckte. Oder an den österreichischen Herrn, der 1969 nach der Uraufführung von Mauricio Kagels *Ludwig van* sich wütend erhob und in den Saal schnaubte: »Dös werd i dem Herrn von Karajan melden geh'n!« Das Publikum spielte da nicht mit – es spielte mit der Kunst. Heute lässt es sich mitspielen.

Fuck you, Lessing!

Im Fitness-Studio. Der junge, rosig strahlende, vor Nettigkeit schier dampfende Mannsmensch an der Theke, der die Ausweise der Mitglieder entgegennimmt und sie mit der Computerdatei vergleicht, hat sich offenbar im lange weilenden Sommer nach dem Abitur dem Hause als Praktikant verdingt. Mit Blick auf die Zugangskarte (man pflegt in solchen Etablissements das gnaden- und distanzlose Studio-Du, als hätte man schon jahrelang die Laufband- und Latzug-Säue miteinander gehütet): »Was für ein Doktor bist denn du?« Auf die wie immer in solchen peinlichen Fällen gequält ironische Antwort, man dürfe sich Doktor der Philosophie schimpfen und habe in Germanistik promoviert: »Und worüber denn da?« – »Über Lessing auf der Bühne, also darüber, wie und mit welchen Arten und Unarten das Theater zu gewissen Zeiten den Dramatiker dargeboten hat.« Worauf sich das Gesicht des jungen Mannes zu einer Entsetzensmaske verzieht. »Ey, fuck, Lessing, den mag ich nicht. Da hab ich in der Oberstufe beim *Prinz Friedrich von Hombug* nur drei Punkte gekriegt.« Auf den Einwand, dass der *Prinz von Homburg, das R im Namen müsse schon sein*, nicht von Lessing, sondern von Kleist sei, kommt die Nachfrage, was denn der Lessing so geschrieben habe? »Na, zum Beispiel *Nathan den Weisen, Minna von Barnhelm* oder auch *Emilia Galotti*!« Ach, ja, von der »Galotti« habe er irgendwie schon mal gehört. Man darf sich trösten: Die Rettung des Abendlands kommt offenbar ganz gut voran.

Genossen der Fingerzeit

Man stelle sich vor, wie die vielen, jetzt noch ganz jungen Leute einmal ausschauen, wenn sie am Ende ihrer Tage im wie auch immer eventuell schon galaktischen oder eben noch terrestrischen Alters- oder Pflegeheim gelandet sein werden. Wie werden sie dann in den Aufenthaltsräumen zur Essensausgabe herumsitzen? Oder überhaupt den lieben, langen Tag in den Fluren? Gegenwärtig sehen ja die mehr oder weniger dementen oder anders gebrechlichen Insassen, die alle in den frühen sechziger Jahren ihre Weltneugier mit neuen Seh-Apparaten zu befriedigen lernten, so aus, als sähen sie selbst dann, wenn es nichts zu sehen gibt, fern. Kollektiv versunken, wiewohl gemeinsam einsam. Kinder des Fernsehzeitalters. Genossen einer Glotzzeit, die von bewegten Bildern von früh bis spät erfüllt war wie keine andere Zeit vor ihr. Dementsprechend haben sie ihr Bildergedächtnis verloren. Man sieht es ihren leeren Augen an. In achtzig Jahren wird man wohl die Genossen einer weiland Fingerzeit erleben können, geriatrische Gespenster, die unaufhörlich wie in Trance auf I-Phone- oder I-Pad-Glasscheiben vor sich hin tippen, mit denen sie massenhaft aufgewachsen sind. Aber die Apparate, deren Befehlen sie ein Leben lang von morgens bis abends blind gehorchten, werden den Fingern nicht mehr folgen. Denn diese unglücklichen Alten werden dann halt ihr Fingergedächtnis verloren haben. Man wird es ihren leeren Händen ansehen.

Tod eines Kolumnisten

Seit fünfzig Jahren griff er jeden Tag nach Tang und Algen im Sturmmeer der Zeiten. Wo er sie fasste, war zwar kein Grund und Halt, denn sie glitschten ihm naturgemäß aus den Händen. Aber er versprach sich und seinen Lesern allemal, sie könnten ein Geistesnahrungsergänzungsmittel sein, das die ganze Menschheit satt machen könne – sogar eine Menschheit gerade aus lauter Feinschmeckern. Er hatte nämlich eine Kolumne in der Zeitung. Jeden Tag. Außer Sonntag. Sie wollte und musste nicht nur gefüllt werden und seinen Ansprüchen genügen, sondern seiner Eitelkeit derart schmeicheln, dass er, wenn er sie selbst nachlas, in Entzücken darüber geriet. Ein Entzücken, das vollends ins täglich Unermessliche wuchs, wenn es von seinen Lesern geteilt wurde und sie es ihn auch noch wissen ließen. Er hatte die unausrottbare Sucht jedes Kolumnisten nach unaufhörlicher Rückmeldung. Er blitzte permanent überm Wörtersee – und wartete, dass es zurückblitzte. Und wehe, wenn nicht. Dann dräute Depression. Und da er über Gott und die Welt schrieb und wie sich Gott und die Welt vor allem im Sport in Szene setzten, es also eigentlich um ganze Welten und vor allem viele Götter ging, übersprang er die Zwiespalten zwischen Furcht und Hoffnung, Euphorie und Depression, Qual und Lust, in die ihn seine Spalte am Rande der Zeitung brachte, mit den Stabhochsprunggeräten der Ironie, des Sarkasmus, des Witzes und natürlich der Verzweiflung, mit denen er über die Latte seiner Einfälle und Funde, seiner Kurz- und

Langschlüsse zu schweben schien, um möglichst weich auf der hoffentlich gut ausgelegten Matte der Pointe zu landen. Ohne viel zu wackeln. Sein Leben bestand aus seinem Schreiben. Auf einmal aber verkündet er, dass er von nun an nichts mehr schreiben werde. Sein Lebens- und Überlebensmittel Ironie sei, so sein Resümee, heutigentags noch weit mehr als früher eine unverstandene Größe. Und was er so in den vergangenen Jahrzehnten zu pointieren gewagt habe, das würde heute wahre Kot-Orkane (vulgo: Shitstorms) auslösen. So verging er zwischen den Zeilen in den Zeiten.

Anzüglich

Irgendwo im bürgerlich Deutschen, Gymnasium, Oberstufe. Der Herr Oberstudienrat trägt die geschmackvolle Krawatte, die in ihren Farben glänzend zum Hemd wie zum gut geschnittenen, seidenschimmernden Anzug passt, den ihm seine Schüler (Leistungskurs Deutsch) soeben ruiniert haben, indem sie die Sitzfläche wie die Lehne seines Stuhls mit einer zwar unsichtbaren, aber jeden Stoff sofort stinkend verunreinigenden Flüssigkeit eingerieben hatten. Unter deren Gelächter präsentiert er sich nun ramponiert den jungen Leuten, die ihm eine Lektion erteilen wollten, nämlich dass Eleganz als asoziale Arroganz und Abgehobenheit wahrgenommen werde. Die unbedingt bestraft werden müsse. Wogegen ihm einfiel, sie mit ein paar ihnen wohl völlig fremden, weil eleganten Argumenten zu verblüffen. Die Kostbarkeit, die sie soeben vernichtet hätten (»bitte, teuer genug, um mir Gott weiß was anderes mit dem Geld genehmigen zu können«), sei allein zu ihrer aller Ehre von ihm erworben und angezogen worden. Er habe sie damit besonders auszeichnen und ihnen seinen Respekt bekunden wollen. Durch eine soziale Form, die sie als schöne Selbstverständlichkeit eventuell der älteren Literatur entnehmen könnten, wenn sie sich für diese noch interessierten. Er könne ihren Hass auf solche Formen nicht verstehen, vermute aber, dass sie ihnen absurd vorkämen. Wobei, »schauen Sie sich an, Herrschaften!«, die Bequemlichkeit und Légèresse, mit der sie sich der Welt präsentierten, unten Jeans und Sneakers, oben Hoody, eigentlich

Zeichen einer Verachtung seien – der gar nicht mehr vermuteten ästhetischen Bedürfnisse und Ansprüche der womöglich Anderslebenden. »Wen wollen Sie mit Ihrem Outfit ehren – außer sich selbst?« Wobei: Dieses sei ja auch nur wieder eine unerbittliche soziale Uni-Form. Bloß dass sie darauf stolz und eitel pochten, um dafür ja nicht verachtet und gehasst zu werden. »Die Rechnung bezahlen Ihre Eltern, oder?«

Schlüsse aus Küssen

Wenn im deutschen Fernsehen ein Mann und eine Frau sich küssen, tagsüber oder vorabendlich oder posttagesschaulich – dann verstummt die Szene. Die Kamera geht nahe ran. Lippen schweigen, saugschleckmahlen aber fleißig. Danach Schnitt zum Kuss-Ergebnis, also zum schlussendlichen Effekt des Schleck-Aktes: Mann und Frau liegen im Bett – wenn's hochkommt, mit entblößtem Oberkörper, wobei in vielen solcher deutschen TV-Szenen seltsamerweise die Frauen das Gehabthaben des Geschlechtsaktes mit anbehaltenem BH zu dokumentieren wünschen. Alles andere, Dialog, Pointen und dergleichen, wird gerne abgelegt. Dagegen die Engländer. Sie geben Laut. In der Serie *Doc Martin* zum Beispiel. Ein höchst neurotischer Landarzt, der kein Blut sehen kann und jedes Klingeln erotischer Nachtglocken geflissentlich überhört. Babyhaftes Mondgesicht. Segelohren, die jeden Windstoß zum fortreißenden Dreinblasen einladen. Wagt einmal im Fond eines Taxis die Fingerspitzen einer neben ihm sitzenden Frau zu berühren. Die fällt daraufhin wild küssend über ihn her. Er presst so ekstatisch zurück, als habe er soeben eine völlig neue Welt entdeckt, ein Knutsch-Columbus mit Kassen-Zulassung. Löst sich dann aber von ihren Lippen und sagt: »Ich gehe doch davon aus, dass du dir regelmäßig die Zähne putzt.« Danach kein Schnitt zum Bett. Kein Peinlichkeits-BH. Er fliegt einfach aus dem Taxi. Es braucht gar nicht viel, um zu sehen, warum englisches Fernsehen so viel besser ist als deutsches.

Der Stellvertreter

An einer Fußgängerunterführung, gekachelt, versifft, vergraffitiert, liegt ein Hut. Daneben ein kleiner Rucksack und ein Schildchen des Inhalts, dass, würfe man Geld in den Hut, ein »Wandersmann« sich darüber freute. Er selbst ist nicht anwesend. Nicht nur dadurch unterscheidet er sich von den Kollegen, die mehr oder weniger aggressiv ein Mitleid einfordernd oder eine Erbarmungswürdigkeit inszenierend an Kirchen- oder Theatertüren, in Fußgängerzonen und vor Kaufhauspassagen auf ihren gekritzelten Schildchen – wenn sie denn überhaupt noch diese altmodische Werbemethode benutzen – grausame Schicksale verzeichnen: »Arbeitslos, wohnungslos, hungrig« und dergleichen. Manchmal haben sie einen Hund neben sich kauern. So werfen sie ihre ganze Person in den Kampf ums Dasein. Unser Mann dagegen setzt sich nicht den gleichgültigen bis g'wissenswurmzernagten Blicken der Vorüberhastenden aus. Er demonstriert ihnen sein sozialfürsorgliches Asozialen-Selbstbewusstsein – durch seinen Stellvertreter, den Hut. Und eine kluge Schicksalslosigkeit. Denn ein Wandersmann muss niemanden jucken, keiner sich bei einer Mitleidsabwehrregung ertappen lassen. Und das Stammtisch-Ondit, dass viele dieser Bettler à la *Dreigroschenoper* straff organisiert seien und abends der rumänische oder aserbeidschanische Peachum hinterm Kaufhof im Mercedes warte und die Tageseinnahmen abkassiere, läuft beim Wandersmann ins Leere. Schon nach wenigen Minuten ist der Hut gut gefüllt. Nach einer Stunde ist er weg. Der Wandersmann hat Wort gehalten.

Unter Lieferantentanten

Es ist ein neues dickhäutiges Großwild in unseren Öffentlichkeitssteppen gesichtet worden. Steht bereits unterm Verdacht blablametaphorischen Artenschutzes: der Lieferant. Vor einigen wenigen Jahren hatte dieses Tier noch einen miserablen Ruf. Wer auf dem Theater oder in der Politik, der Wirtschaft, im Sport etwas »lieferte« oder schlimmer noch »ablieferte«, galt als denkfauler Routinier, der auf seinem Traditionspritschenwagen Vorgefertigtes von A nach B transportierte, zum Beispiel von der Regisseurseinfallspinselmanufaktur stantepede ins Regisseurstheater. Heute aber hat der Lieferant geradezu Adelsstatus. Er ist hochgepäppelt worden. Denn es gibt offenbar nichts Höheres, Edleres, wiewohl auch Geheimnisvolleres, Heiligmäßigeres, wenn von einem verlangt werden kann: »Der muss jetzt liefern!« Trainer müssen nicht mehr trainieren lassen, sie müssen liefern. Intendanten, Dirigenten, Schauspieler dürfen nicht mehr spielen, sie müssen liefern. Minister machen keine Politik mehr, sie müssen liefern. Der Papst, die Kanzlerkandidaten, die Autoindustrie, die Briten, die EU, die Universitäten, die Müllabfuhr (obwohl Letztere naturgemäß mehr abholt als bringt) – alle müssen sie liefern. Wer nicht liefert, ist geliefert. Die Gesellschaft, und sie besteht halt aus Lieferantentanten, hat einen Anspruch: auf den Liefer-Erfolg des Erwarteten, das auf einen umweltfreundlichen, dieselfrei genderneutralen Pritschenwagen passt. Wenn nicht, wehe den Chauffeuren!

Rentner Beckett

Als Samuel Beckett im Jahr der Bundesgartenschau 1977 in Stuttgart weilte, um beim guten, alten SDR seine Fernsehspiele zu inszenieren, verschwand er jeden Tag für eine gewisse Zeit. Danach befragt, wo er sich immer herumtreibe, antwortete der Dichter: »Auf der Bundesgartenschau.« Auf die Vorhaltung, er, Beckett, hasse und verachte doch alle Blumen, antwortete er: »Es ist nur wegen der Bäume.« Was als Fortschritt durchgehen mochte. Denn Beckett machte immer nur deshalb jedes Jahr Urlaub auf Malta, »weil es dort keine Bäume gibt.« Bei seinen Gängen durch den Schlossgarten (heute übrigens eine wahre Beckett'sche »Stuttgart 21«-Wüstenei, aber dies nur nebenbei) fiel Beckett der Dame am Kassenhäuschen auf, beim dritten oder vierten Mal fragte sie ihn: »Saget Se mal, Sie send doch a alter Ma?!« Beckett, der das Schwäbische in seinem Lieblingslokal, der neonkahlen, bierlachenverpfützten *Neckarklause* (heute übrigens ein Dutzend-Italiener, aber dies nur nebenbei), gelernt hatte, nickte. – »Do send Se doch sich'r scho Rentner? Do dätet Se nemlich a Ermäßigong kriaga.« – Beckett verneinte (Dichter gehen nicht in Rente). – »A was, kommet'Se, des macha m'r älleweil. Wia hoißet Se?« – »Beckett.« – »Also do isch Ihr Dauerkärtle!« Und auf jenem stand deutlich: »Rentner Beckett.« Das Kärtle hat der Weltautor zu seinen Reliquien genommen, als ein schönes Beispiel, wie wundervoll absurd in Stuttgart die großen Dichter geehrt wurden. Es ist lange her.

Rilke erst beim Friseur, dann beim Buchhändler

»Je suis un poète allemand! Je suis le poète Rainer Maria Rilke!« – »Mein Herr, das kann jeder sagen. Wir kennen Sie nicht, mein Herr! Sie sind uns gänzlich fremd und unbekannt. Das ist nicht Sitte bei uns!« Der deutsche Dichter, der sich im Jahr 1924 in ein Pariser Friseurgeschäft in der Nähe der Madeleine verirrt hatte, sich dort rasieren und die Haare schneiden ließ, dann mit einer »Stimme, klagend und wie aus einer anderen Welt, mit einem Ton von weltfernem Leid und gleichzeitig einer fremdartigen, leicht slawischen Klangfarbe« um das edelste, teuerste Haarwasser, naturgemäß von Houbigant bat – konnte nicht bezahlen. Rilke hatte seine Brieftasche im Hotel vergessen. Die Inhaber des Coiffeur-Salons ließen ihm das nicht durchgehen und schlugen ihm die Bitte, die Vergessene rasch zu holen und die Rechnung dann zu begleichen, rundweg ab. Der zufällig im Salon als Kunde auch anwesende Carl Jacob Burckhardt, Schweizer Diplomat und Historiker, Kommissar des Völkerbundes in Danzig, Präsident des Internationalen Roten Kreuzes, rettete den Dichter. Burckhardt bezahlte die Friseurszeche und schleppte den deutschen Dichter, der in Frankreich keinen Kredit hatte, in ein französisches Buchantiquariat, das vor Kredit für deutsche Dichtung förmlich überquoll. Dessen Besitzer, Monsieur Augustin, und Lucien Herr, Bibliothekar der *Ecole Normale Supérieure*, legten dem Herrn Rilke den deutschen Dichter Johann Peter Hebel dringend ans Herz und empfahlen ihm den großen Alemannen sozusagen als lyrisches

Frischekapital. Denn der deutsche Dichter Rilke kannte den deutschen Dichter Hebel bis dahin offenbar nicht, den ihm die Franzosen im original alemannischen Idiom schwungvoll und ehrfürchtig zitierten. Und Rilke gelobte, er werde sich »in diesen Hebel vertiefen, aber dazu brauche ich eine ganze Zeit – nur mit ihm allein und vielleicht lieber hier in Paris als in Deutschland, wo man ihn in eine falsche Heimatkunst einspannen wird.«

Burckhardt hat die Szene »Ein Morgen beim Buchhändler« genannt und aufgeschrieben. Und ein großer deutscher Buchhändler, Thomas Bader, der in seinem Freiburger Erlesenheitsladen *Zum Wetzstein* bis zu seinem allzu frühen Tod den literaturtragenden Strömen hinüber und herüber über Grenzen die tollsten, die schönsten Tiefen schuf, darin die seligst umstrudelten Eilande, hat sie einst den Kunden und Leseliebhabern, die ohne Hebel wie ohne Rilke (und ein bisschen auch ohne Carl Jacob Burckhardt) nicht auskommen mögen, zum kostbar gedruckten Geschenk gemacht. Noch Jahre danach ein Danke hinauf nach Elysium!

Ein Lesehändler

Der Laden, den er von seinem Vater übernommen hatte, der ihn wiederum von seinem Vater übernommen hatte, lag im Erdgeschoss eines alten Patrizierhauses. Es türmten sich da in abenteuerlichen Stapeln Abertausende von Büchern. Eine Schatzhöhle, in der man sich als Kind nicht nach den Schätzen zu greifen getraut hatte, weil zu fürchten war, dass das eine Lawine ausgelöst hätte. Dann zog der Laden in ein moderneres Gebäude. Dort gab es noch mehr Bücher. Nur schöner präsentiert. Das Wichtigste aber war eine schmale, mit einem Lederpolster bezogene Bank. Damit erwies sich der Buchhändler als Lesehändler. Denn man durfte, da man kein Kind mehr war und zwischen Hausaufgaben und Klavierstunde ein gewisses häusliches Überflüssigsein verspürte, auf dieser Bank regendurchweichte Provinznachmittage mit Rein- und Quer- und manchmal auch mit Ganzauslesen verbringen. Der Chef vertrieb einen nicht. Im Gegenteil. Er gab Empfehlungen, zog aus den oberen Regalen die neueste, klug kommentierte Taschenbuchausgabe von Shakespeares Komödien und überließ sie den gierigen Augen des Müßigsitzers, dessen Taschengeld für den Erwerb des Bändchens nicht gereicht hätte – dem aber das Durchträumen von Illyrien geschenkt wurde: *Was ihr wollt* als Glücksgabe auf Zeit (und von da an für immer in Kopf und Herz). Später ging die Buchhandlung zugrunde. Jetzt kommt die Nachricht, dass der alte Buchhändler, der ein Lesehändler war, gestorben sei. Gott und Gutenberg mögen seiner Seele Gutes tun, im Himmel oder in Elysium. Gerne auch in Illyrien.

Schubert, unerhört

Ein Sommerabend in einem uralten steirischen Schloss. Mächtig, weitläufig und majestätisch auf dem Burghügel über Stadt, Land und Weinbergen gelegen. Ehemals Bischofssommerresidenz. Heute Hotel und Bildungsstätte. Zeitliche Herberge für »High motivated international students«, die in einer »Summer School of the University of Graz« sich vierzehn Tage lang in »Meditation and Mediation of Change«, in »Discussions and Lectures«, aber auch in »Creative Writing« üben, also wahrlich ferialen Disziplinen. Dieser Sommerabend freilich sollte nicht ihnen und ihrem Lauthals-Präsenz-Zeigen, sondern der As-Dur-Messe Franz Schuberts gehören, einem hinreißenden liturgischen Jubelwerk eines *highest motivated* Jungkomponisten, der alle heiligen Formalien der römischen Messe ins tollste Tanzen und Taumeln bringt und gleichsam im »Hosianna in excelsis« die katholische Prunkkavallerie in schimmernder Wehr vorm Alt-Wiener Kaffeehaus paradieren lässt. Es sang der Arnold Schoenberg Chor, es musizierte der Concentus Musicus, es dirigierte Andrés Orozco-Estrada. Übertragen wurde das aus der Barockkirche in Stainz überall ins Land hinaus auf Großleinwände in Stadien, Wirtsgärten, Parks und auf Marktplätzen. So auch in den Garten des Schlosses. Während aber Schuberts Kyrie, Gloria, Credo, Sanctus und Agnus Dei die alteuropäischen Formen von *meditation and mediation* (von *change* sowieso!) glanzvoll neu zelebrierten, ließen sich die Sommerschüler vornehmlich amerikanischer Provenienz auf der überm Garten gelegenen Schlossterrasse von ihrem indolenten Bierbrüllgelächter nicht ablenken. Schubert blieb unerhört an diesem Abend.

Messies Message

Was oder wer ist eine Messie? Ein Mensch, der hortet. Was ihm zufällt. Was im Englischen eine *mess*, also eine total vermüllte Unordnung ergibt, daher der Ausdruck. Aber was ist schon in Ordnung? Wäre es in Ordnung gewesen, sich um jenes Haus hinter einem zerfallenen Zaun am Ortsausgang mehr zu kümmern, bewohnt von einer alten Mutter mit mittelaltem Sohn? Ein Haus, aus dem seit Jahren niemand herauskam? In das höchstens hie und da Scharen von Ratten hineinhuschten durch Ritzen und Löcher, die nur sie kannten? Aus dem, wenn dann doch mal ein Besorgter an der Tür klingelte, ein »Alles in Ordnung!« heraustönte? Das vor jedwedem Kontakt mit der Außenwelt tagsüber sorgsam abgeschottet schien? Dessen einer Bewohner, der Sohn, öfters von ein paar späten Wirtshausheimkehrern beobachtet wurde, wie er es nachts heimlich verließ? Wäre es in Ordnung gewesen, ihm zu folgen und ihn dabei zu beobachten, wie er die Abfalltonnen des Supermarkts weiter draußen durchwühlte, um heimzuschleppen, was er tragen konnte? Wäre es in Ordnung gewesen, wenn die Ordnungskräfte sich nicht erst dann gewaltsam Zugang zum Haus verschafft hätten, als die Rattenmassen und der Gestank überhandnahmen und man drinnen den Leichnam des Mannes neben dem seiner längst völlig verwesten Mutter unter Bergen von Müll fand und die Rechtsmedizin befand, es habe kein Gewaltverbrechen vorgelegen, beide seien eines natürlichen Todes gestorben? Aber was ist schon natürlich? Dass einer, der nichts wegwerfen kann, auch den Tod hortet?

Kinderkinder

Der französische Schriftsteller Emanuel Carrère berichtet, »und Sie sehen mich in Tränen«, im Gespräch mit seiner deutschen Übersetzerin Claudia Hamm vom großen Kollegen André Malraux (der einst de Gaulles Kulturpapst war), wie er einmal einen weithin berühmten alten Abbé getroffen habe, einen gesuchten Beichtvater der Pariser Hautevolée. Malraux fragt den Geistlichen: »Was haben Sie im Beichtstuhl über die Menschen gelernt?« Und der Pfarrer antwortet nach kurzem Zögern, er habe zweierlei gelernt: »Dass die Leute viel unglücklicher sind, als man glaubt. Und dass es keine Erwachsenen gibt.« Carrères Tränen rühren wohl vom zweiten Lehrsatz des Priesters her. Er weint sie im Nachwort seines neulich auf Deutsch erschienenen Buches *Der Widersacher*, das schon 1999 in Frankreich herauskam und Furore machte: die reportierende Erzählung beziehungsweise schriftstellerische Begleitung eines Mörders, der seine Frau und seine beiden Kinder, seine Eltern und deren Hund umbrachte. Dass es keine Erwachsenen gebe, dass wir alle immer und zu aller Zeit noch Kinder sind und eben auch immer Kinder von Kindern von Kindern … und so fort und weiter hinab in alle tiefen Brunnen der Vergangenheit; dass alle Literatur eigentlich Kinderliteratur ist, angefangen bei Ödipus, von den Göttersagen aller Kulturkreise ganz zu schweigen; dass keiner lebenslang dem entkommt, was er früh erfährt; dass das Leben im Grunde eine Infantentragödie ist; dass Sterbende gerne nach ihrer Mutter rufen – das ist schon der Tränen wert.

Die Mama wird's schon richten

Man schaut von oben ins Schöne, in Bläue und Dunst über Bergrücken an Bergrücken, und die Boote und Surfbretter drunten auf den matt schimmernden Seen in den Tälern wirken wie Schnaken und Wasserflöhe. Es herrscht eine gigantische Verkleinerung. Denn nicht die Berge sind majestätisch, sondern sie erheben den, der sie ersteigt (oder auch nur mit einer Zahnradbahn erklettert), für ein paar Stunden in den Rang eines Höhensouveräns, der »sich fühlt«. Dann aber, noch beim Sichumdrehen auf der Terrasse des Berggasthofes, über deren Brüstung gelehnt man die Weite genossen hat, wird man ins Enge, Kleine, Nichtige getrieben. Denn die Herrscherin aller Höhen tritt auf. Wattierte, abgesteppte enge Jacke, große Sonnenbrille, farblich zur Jacke passende Strähnchen im Haar, tief gebräunte Gesichtsepidermis, verziert mit der dazu passenden kosmetischen Palette, durchtrainierte Figur, an beiden Händen aber ihr offenbar Wichtigstes hinter sich herziehend beziehungsweise vor sich her stoßend: zwei Buben als ihre sozusagen frühmännlichen, in die wahrscheinlich tennissportlich überwölbte und also gestählte Pubertät gerade eingetretenen Ähnlichkeitsexemplare; blond, tough, gnadenlos zukunftsträchtig. Als warteten auf sie schon alle Konzernschreibtische dieser Welt. Mit einem »Alles belegt!«-Befehl auf den zu einem kalten Lächeln verzogenen Lippen riegelt sie die halbe Terrasse ab – mit dem Gestus »Nur für meine Brut!« Die sie vorzüglich im Griff hat. »Macht euch breit. Euch und nur euch steht das zu. Ihr seid Fleiß von meinem Fleiße«

sagen ihre Blicke und ihre stolze Allüre. So auch wird sie wahrscheinlich drunten in der Ebene ihren Mann zur raumgreifenden Karriere scheuchen, den Vater der beiden Nachwuchsprodukte. Wirt und Kellner gehorchen ihr wie im Fluge. Wir sind nur Gäste und warten geduldig darauf, dass wir bestellen dürfen. Sie aber ist hier zur dominanten Hofhaltung bestellt.

Auf der Höhe

Ein düsterer, aber schöner Tag. Die dunklen Wolkengebirge türmen sich überm hell sich gegen sie abhebenden echten Bergmassiv als dramatische Dreingabe. Der Wirt des Höhenhotels trommelt uns zusammen. Er schlage ein Spiel vor. Wir sollten uns jetzt alle mal als Jäger vorkommen. Er nehme uns mit auf die Pirsch. Wir sind bewaffnet mit Pfeil und Bogen und dürfen auf Hirsch, Wildsau, Waschbär, Fuchs und Murmeltier schießen, die jeweils aus Styropor geformt und in etlicher Entfernung zwischen Büschen und Krüppelkiefern am weitläufigen Hang hinterm Hotel verteilt sind. Wir spielen Steinzeitmenschen am Zauberberg. Wer trifft, verspricht der Wirt, bekommt später einen Cocktail spendiert. Die Tiere aus Kunststoff sehen alle aus, als lachten sie sich tot.

Singstund' for future

Es ist Freitag, mit dem Glockenschlage elf. In den inneren Gassen unserer kleinen Stadt hat sich wie immer an diesem Tag ein Wochenmarkt ausgebreitet, vor dessen Ständen Menschen in lockerer, aber diszipliniert folgsamer Behäbigkeit Abstand zueinander halten. Vor Mündern und Nasen tragen sie alle Masken, an die sie sich so sehr gewöhnt haben in den letzten Jahren, dass sie sich die Gesichter der anderen, die mehr zeigen als Augen, Stirn und Haar, gar nicht mehr vorstellen können. Man hält ja Maskierte schnell für insgesamt hübscher und attraktiver, weil sie ein Verborgenes, voller Möglichkeiten Steckendes einem präsentieren, aber fühlt sich trotzdem von ihnen genervt, wenn sie für die Wahl von Wurst, Käse, Obst, Landbrot und Tomaten länger brauchen, als man meint, und dass sie nun lange genug gezögert hätten.

Vorne, auf dem Platz mit dem großen Brunnen, auf den zu Markt und Gassen sich öffnen, haben sich an die zweihundert junge Leute versammelt. Sie halten Schilder mit der Aufschrift »Rettet das Klima jetzt!« und »Es geht um unsere Zukunft!« hoch. Die meisten haben ihre Schulrucksäcke umgeschnallt. Die Mittel- und Oberstufenschüler der Gymnasien unserer kleinen Stadt schwänzen den Unterricht, um die Welt zu retten. Sie tun es gemeinsam mit den Mittel- und Oberstufenschülern der Gymnasien auf der ganzen Welt. Adrette, gebildete Leute, gut gekleidet und genährt. Eine Sache offenbar der besseren Stände und Familien. Man spürt den wohlstandsgepolsterten Stolz auf das Avantgardegefühl, unbedingt auf der richtigen Seite zu stehen, für eine allein seligmachende Sache zu streiten. Es hat etwas von Ministrantendienst im Auftrag des Höchsten. Aber während der eine oder andere ältere Marktbesucher seinem Murren die Zügel schießen zu lassen beginnt über »diese faulen Säcke, die nur nicht lernen wollen«, erklingt plötzlich Musik. Die Anführerin der Demonstration, eine fröhlich von sich und allem anderen begeisterte Person mit leuchtenden Augen, hat eine Gitarre aus ihrem Instrumentenkoffer gepackt, kurz gestimmt und nach ein paar einleitenden Worten des Protestes und der Ermahnung, aus der Kohleverbrennung und allen anderen schädlichen Techniken und Industrien unverzüglich auszusteigen, ein Lied angestimmt: »Die Gedanken sind frei / Wer kann sie erraten,/ Sie fliehen vorbei / Wie nächtliche Schatten./ Kein Mensch kann sie wissen,/ Kein Jäger erschießen,/ Es bleibet dabei,/ Die Gedanken sind frei«, unverwundbar auch »durch Pulver und Blei«.

Offenbar ist sie derart ergriffen von ihrer Entdeckung, dass es keine Denkverbote geben darf, dass sie das Lied mit sämtlichen Strophen drei-, viermal wiederholt und, mikrophonverstärkt, immer ekstatischer und aufrührerischer in die Saiten greift. Es aber auch quasi liturgisch schon dabei belässt. Wie ein Prediger im Gottesdienst, der seiner Botschaft »Gott liebt dich!« nichts hinzufügen mag und sie deshalb unaufhörlich und in immer anderen Umschreibungen repetiert, lässt die Anführerin der Klimarettungsdemo das alte deutsche Lied endlos erklingen. Seine Wurzeln liegen im dreizehnten Jahrhundert, Spuren finden sich schon bei Walther von der Vogelweide und Freidank, ein Anonymus hat es 1780 in die moderne Form gebracht, um 1814 bekam es seine heute gängige Melodie, komponiert von auch wieder einem Anonymus, aufgenommen in die *Lieder der Brienzer Mädchen* in Bern, und machte in den Vormärz und die Revolution von 1848 hinein als Studenten- und Burschenschaftshymne Karriere, wobei es Hoffmann von Fallersleben (*Deutschland, Deutschland über alles*) schon 1842 in sein *Schlesisches Liederbuch* aufnahm. Es erklang also zuerst aus einer Sphäre des nationalen Widerstands, der damals links war, den man heute eher als rechts einordnen würde. Auf sogenannten ›Querdenker‹-Demonstrationen der Impfgegner, Klima- und Coronaleugner und von Leuten, die denken, die Welt werde von einer Geheimverschwörung von Echsenmenschen regiert, hört man es auch. Wofür das Lied nichts kann.

Hängt euch doch mal zum Hals heraus

Er hatte über das, was er zu sagen hatte (und das war vornehmlich übers Theater), etliche große Bücher geschrieben, war oft interviewt worden, hielt Vorlesungen, hatte einen Lehrstuhl inne, bekleidete Wichtigkeitsämter wie zum Beispiel das einen Feuilletonchefs, war der bedeutendste und gelehrteste Theaterkritiker der jungen adenauerdemokratischen Bundesrepublik (nachdem er zuvor zu Nazizeiten es sogar bis in die Chefdramaturgen-Etage des Wiener Burgtheaters geschafft hatte – so verwirrend waren damals die Opportunitätslebensläufe), machte die höchstrenommierte und höchstmögende *Stuttgarter Zeitung* (kein Vergleich zu heute!) zu einem Kulturhauptblatt des westlichen Teils der Nation. Und dann, als er längst im Ruhestand war, klingelte bei Siegfried Melchinger in seinem Schwarzwald-Refugium das Telefon. Ein junger Kollege wollte ein Statement von ihm zu irgendeiner gerade laufenden Theaterkrise. »Ach, wissen Sie was«, replizierte der große Alte, »lassen Sie mich in Ruhe! Ich hänge mir schon lange zum Halse heraus!« Was für ein Satz! Wie gerne würde man Derartiges von den Verlautbarern aus Politik, Gesellschaft und vor allem aus der Kultur hören: Wenn sie sich plötzlich als Helden der Selbstmüdigkeit zu erkennen gäben, die sie sich durch unaufhörliches Statementsgeschwätz längst verdient hätten im Fegefeuer der Repetitionen. Sie könnten Zuflucht finden im Himmel des Maulhaltens. Aber dann wartet schon wieder das nächste Mikrophon. Die Hölle.

Ein Redner

Er steht am liebsten am Rand. Vornehmlich am Rand einer Tankstelle. Dort, wo er den Betrieb an den Zapfsäulen nicht behindert. In der großen Lücke zwischen dem Verkaufsraum und dem kleinen Areal, wo man die Pressluftpumpgeräte sanft an ihren Hähnen baumeln sieht und wo die Kannen fürs Wischwasser stehen. In der Hand hält er eine Bierflasche, aus der man ihn nie trinken sieht. Sie scheint ihm mehr als Halt zu dienen, weniger als Durstlöscher. Still steht er da. Doch zugleich wirkt er ungemein laut. Denn er hält Reden. Die Augen gerne rollend zum Himmel erhoben oder in den Betongrund der Tankstelle gebohrt. Die Hände in bittender, fordernder, ganz oft auch in wegwerfender, wie verachtender Manier von sich gestreckt. Den Mund in unaufhörlicher Bewegung. Ohne dass aber irgendein Ton, ein Laut, ein Wort zu hören wäre. Der Mann, den die Laufkundschaft der Tankstelle wohl für eine ziemlich kuriose, die Stammkundschaft aber nur für eine ziemlich zuverlässige Erscheinung hält, steht der ganzen Welt um ihn herum in ständiger Ansprache zur Verfügung, ohne dass die Welt sie verstünde – ja auch gar nicht zu verstehen braucht. Ihr sollten eine Geste, ein Augenrollen, eine Wegwerf- oder Droh- oder Werbebewegung der Hand genügen. Samt der Bierflasche in der Rolle der rhetorischen Stütze, die sonst ein Mikrophon zu spielen hätte. Der Mann ist nicht verrückt. Die örtliche Psychiatrie ist nicht für ihn zuständig. Er ist nur eine absolut perfekte Zeiterscheinung. Denn seine Redekunst besteht gerade nicht darin, dass er etwas zu sagen hätte. Sie besteht offenbar darin, dass sie alles, was zu sagen wäre, derart gegeneinander aufhebt, dass es sich sozusagen in einem stummen Riesenrübenrauschen gegenseitig auslöscht. Seinen Namen sagt er einem naturgemäß nicht. Ich nenne ihn Herrn Internetzer.

Blätterteig I: Eine peinliche Staatsaffäre

Manchmal löst ein Blick in alte Bücher Schuppen. Die einem, wie man so schön sagt, von den Augen fallen. Beim Zufalls-, Lust- und Zugreifstreifzug durch die Bücherreihen, den ich gerne das »Blätterteigverfahren« nenne, weil beim Blättern eventuell eine Art Denkhefe den Assoziationsteig zum Aufgehen bringt, fiel mir eine Anthologie mit Erzählungen Jaroslav Hašeks in die Hände. Auf Deutsch herausgekommen im Jahr 1961 beim Prager Verlag Artia Praha (übersetzt von Rudolf Feigl). Ich habe das Ding als Kind geschenkt bekommen, es hat mich (damals) mäßig interessiert. Hašeks Humore kamen mir (damals) so holzschnittartig vor wie die Illustrationen eines gewissen Lada, die über den Band verstreut sind. Heute aber lese ich auf Seite 25, dass »Seine Hoheit unwiderruflich verloren ist. … Serenissimus ist – Gott sei's geklagt – auf immer blödsinnig geworden.« Alle wissen es. Serenissimus macht nur das, was ihm gerade durch die Rübe rauscht, folgt irrsinnigsten Einfällen statt politischen Regeln und Gepflogenheiten. Wer aber darüber redet, fliegt raus, wenn's gut geht, in den Knast: wegen Verbreitung von Falschnachrichten. Das Satirische daran ist, dass »alles in bester Ordnung« ist, weil sich Serenissimus nicht um die Staatsgeschäfte kümmert. Das tun andere. Beim Wiederlesen kamen mir die von den Augen fallenden Schuppen wie noch unlängst Made in the United States vor. Nur dass sich dort Serenissimus leider fort und fort bis zum unrühmlichen Wahnsinnsende um die Staatsgeschäfte derart gekümmert hat, dass sie fast ruiniert waren.

Blätterteig II: Camino Real

Georg Hensel, *Spielplan. Der Schauspielführer von der Antike bis zur Gegenwart*, Band I, Seite 695, zufällig beim Blättern in diesem lesenswertesten Theaterbuch aller Zeiten aufgegangen: Man liest von einer Stadt ohne Menschlichkeit, die lebend keiner verlassen kann; den Bewohnern bleibt nur der Fluchtweg in die Erinnerung, wenn sie nicht von Staatsangestellten erschossen werden, dieweil Straßenkehrer die Leichen abtransportieren; das Aussprechen des Wortes »Bruder« gilt als Aufruhr, der Austausch ernster Gedanken führt zur Todesstrafe; Gestalten aus alten europäischen Büchern, zum Beispiel Baron de Charlus aus Prousts *Recherche*-Roman, der im Karren der tödlichen Straßenfeger endet, Casanova, Don Quijote, die Kameliendame, Lord Byron, geben sich ein Stelldichein, wozu ein amerikanischer Träumer tritt, der Boxchampion Kilroy. Er wagt das verbotene Wort und nennt Casanova »Bruder«. Aus seinem Leichnam wird das goldene Herz geschnitten, und er verpfändet es betend für die Hure Esmeralda: »Laßt etwas sein, das das Wort Ehre wieder bedeutet.« Byron und Don Quijote brechen auf ins Niemandsland (mit Kilroys Geist im Gepäck), hoffend, dass »Veilchen die Kraft haben, Felsen zu durchbrechen.« Das Drama aus dem Jahr 1954 heißt *Camino Real* und stammt von Tennessee Williams. Undenkbar, dass es noch jemand spielt. Denkbar aber, dass man darauf kommen könnte, dass es noch etwas anderes gäbe als den leichthin gemüllten Realitätenhaufen auf den Theatern. Traumspiele wiegen schwerer.

Blätterteig III: Der arme Bitos

In alten Programmheften blätternd, erinnere ich mich voll jungenhaftem Vergnügen an jenen Theaterabend im Februar 1966 im Stuttgarter Kleinen Haus. Der Schauspieler Günther Lüders, melancholischer Komiker mit sonorem Schmirgelpapier-Charme in der Stimme, gab den Bitos, einen Staatsanwalt in der Maske des Robespierre, Teilnehmer eines provinzfranzösischen Nachkriegsdiners, in dem alle Mitesser verkleidet als Protagonisten der Französischen Revolution zu erscheinen haben. Der Träger der Maske des Saint-Just, gespielt vom jungen Heinz Baumann, bespuckte den Robespierre, der entgegnete: »Man kann Revolutionär sein und dennoch höflich bleiben.« Was mich gegen alle wenig später aufrotzenden 68er-Ungezogenheiten abhärtete. Beide: Figuren in Jean Anouilhs Komödie *Der arme Bitos oder Das Diner der Köpfe*. Sie ist wie alles von Anouilh von den Bühnen verschwunden. Der Staatsanwalt: Tugendterrorist, der die Unkorrekten, die Schuldigen, Nazi-Kollaborateure erbarmungslos verfolgt und über Leichen geht. Seine Diner-Feinde: einstige Mitkämpfer in der Résistance, eine korrupte, hämische Bande, die längst ihren Frieden mit allen politischen Schweinerein gemacht hat. Man schießt im Spaß auf ihn, erniedrigt ihn, sperrt ihn in eine imaginäre Todeszelle. Zwei große ungeheure, also unsterbliche Unmenschlichkeiten im Clinch: die der absoluten Gerechtigkeit und die der absoluten Selbstgerechtigkeit. Heute, Jahrzehnte danach und, seid ehrlich!, immerdar, tragen sie immer nur andere Masken und Kostüme. Die

Fratzen darunter bleiben sich gleich. Anouilh aber richtet nicht. Er hält nur den Trost der Untröstlichkeit bereit, also der absoluten Komik. Würde doch irgendwie gerade wieder passen.

Blätterteig IV: Literaturkritik als Lärmtaktik

»Bleibt einem guten Buch der Erfolg versagt, so ist es das Klügste, daß man erklärt, es habe Erfolg; daß man von ihm spricht wie von einem berühmten Buche, das ganz Italien kennt usw. Diese Dinge werden dadurch wahr, daß man sie feststellt. Versichern und wiederholen es viele, so machen sie es tatsächlich wahr.« Das schrieb Giacomo Leopardi, ein dreißigjähriger Gedankenmacher, am 10. August 1828, ›Tag des heiligen Laurentius‹, in Florenz in sein ›Gedankenbuch‹ (*Zibaldone di pensieri*). Er galt vielen als bedeutendster Lyriker Italiens seit Petrarca, war ein Zeitgenosse Manzonis und in seiner wider alle Stachel löckenden Denker-Ungeniertheit und Urteilsfreiheit auch ein Vorläufer Nietzsches. Auf jeden Fall der Lesenswertesten einer im weiten Reich der Weltliteratur. Ein Moderner avant la lettre. Also auch ein Einsamer, der dem Lärm der Viel-Herde lauschte. Wer als Literaturkritiker auf die erbarmungswürdige Floskel verfiele, dieses oder jenes Buch oder dieser oder jener Autor »hätte mehr Leser verdient«, als ob Menge (»mehr«) schon ein Kriterium für Verdienst (»hätte«) wäre, der könnte bei Leopardi lernen, dass das Verdienst oft eine Funktion des Lärmens ist. Dabei hat längst das Lärmen für Literatur, ganz heiß, ganz aktuell, das verdienstvolle Lesen ersetzt. Nur dass viele Literaturkritiker das noch nicht gemerkt haben.

Blätterteig V: Krüppelkapital

Das Drama ist 1920 erschienen. Aber es zerrt auch spätere Zeiten in den Groteskbrennspiegel einer Schauerposse. Sie verfasste Ramón del Valle-Inclán, der von 1866 bis 1936 lebte, ein theatralisches Absurditätsgenie. Leider kaum noch gespielt. Riesengroß ausgestellt wird in den *Divinas palabras* (›Worte Gottes‹ oder ›Wunderworte‹) – ein Krüppel. Ein monströser Zwerg. Mit gewaltigem, locker auf fettem Schrumpelkörper sitzendem, baumelndem Wasserkopf. Seine Mutter, deren »wachsbleiche Beine eines morgens unter ihrem Rock hervorstarren wie zwei Altarkerzen« (weil sie tot ist), hat ihn auf einem Karren durch die galicische Provinz gezogen – und viel Geld mit ihm verdient. Denn Krüppel bringen Mitleid, und Mitleid bringt Kapital. Nach dem Tod von Juana la Reina, der Krüppelbesitzerin, wollen alle den Karren und den Zwerg. Es teilen sich ihn aber zwei Tanten, abwechselnd für jeweils drei Tage. Bis der Krüppel an den Übermengen von Schnaps stirbt, den die gaffend spendierfreudige Meute ihm einflößt. Die eine Tante wird mit ihrem Liebhaber im Schilf erwischt, gejagt und gehetzt, ihrem Mann ans Messer geliefert, dem sie dadurch entkommt, dass sie nackt auf dem Kirchendach tanzt. Und der Betrogene spricht die Wunderworte: Wer von euch ohne Sünde ist, werfe den ersten Stein. In unseren unfrommen Zeiten der großen Inklusion wäre es nicht schlecht, wenn das Theater mal wieder auf die grotesk menschenfreundlichen Vorteile sowohl von Behinderung wie auch von Bibelfestigkeit hinwiese – natürlich unter gewaltigem Gelächter.

Blätterteig VI: Les Adieux oder Monsieur Teste schaut zu

Einer geht ins Theater – und schaut nicht zu. Er wechselt die Blickrichtung, betrachtet nur den Zuschauerraum und die Gesichter der Leute dort. Abgesehen davon, dass er von einem anderen, der die ganze kuriose Geschichte erzählt, dabei beobachtet wird. »Viele Fächer bewegten sich, unabhängig, über der dunklen und hellen Menge, die bis zu den Leuchtern oben aufschäumte. Mein Blick buchstabierte tausend kleine Gesichter, fiel auf ein trauervolles Haupt, lief über Arme, über die Leute und zehrte sich schließlich auf.« Ein altes, ein prunkvolles Theater also, ein Opernhaus in Rot und Gold. Und nur an den »flammenden Gesichtern«, am Absterben der »Helle, welche alle die Gesichter im Saal erzeugten«, erkennen der Beobachter und der Beobachter des Beobachters, dass »etwas Erhabenes sich abspielte«. Und die beiden, die womöglich ein und derselbe sind (Trick des Erzählers!), nehmen Abschied von der Aktion und spielen ihre *Les Adieux*-Komödie als dreisten Blickwechsel, feiern das Endspiel des Theaters nur noch in den Nuancen wahrgenommener Publikumsreaktion. Der's zelebriert, heißt Monsieur Edmond Teste, den der intelligenteste aller französischen Schriftsteller, Paul Valéry, der von 1871 bis 1945 lebte, um 1896 erfunden hat, eine essayistische Roman-Figur, die ganz aus Denken besteht. In Testes Kopf-Reich blätternd, geht einem auf, dass er gleich auch für kommende Zeiten mitgedacht hat. Man schaue in die leeren, überanstrengten Publikumsgesichter, und man sieht, was auf den Bühnen heute fehlt.

Entsinnen Sie sich?

Über ein altes Wort gestolpert. Wie in einem zündfunkenzischenden Schubs. Und da lag es nun und funkelte wie neu, aber verloren. Denn das Wörtlein *entsinnen* ist seit Langem in Zeitgeistschlünden verschwunden. Und hat dabei wohl ein bisschen den Genetiv mit hinabgerissen. Niemand *entsinnt* sich mehr dieses oder jenes Vorfalls oder dieser oder jener Geschichte. Alle *erinnern* sich nur noch. Erinnerung ist das gängige gesellschaftliche Wechselgeld, das ›gegen das Vergessen‹ ausgegeben wird. Erinnerung benötigt Gedenktage, Jubiläen, Jahrestage. So wird zum Beispiel an Kriege erinnert – die, wenn man sich genug an sie erinnert hat, wieder aus der Erinnerung verdrängt werden. Denn die nächste Erinnerungspflicht wartet schon und möchte ihre rituelle Erledigung haben. Deshalb auch gibt es jede Menge Erinnerungsartikel, doch keine Entsinnungsartikel in den Zeitungen. Erinnerung liegt außerhalb des Menschen, der da aufgefordert wird, sich bitte zu erinnern. Sie hat den Zug ins Objektive. Eine verordnete Vorstellung. Wer aber sich entsinnt, der nimmt, woran er denkt, auf seine Sinne, ganz auf sich und seine Person. Es hat den Zug ins Subjektive. Eine eigene Vorstellung. Erinnerung ist teilbar. Entsinnen ist unteilbar. Wer sich nicht mit dem Darm, dem Magen, dem Hintern, dem Geschlecht erinnere, der erinnere sich an gar nichts, hat der witzigweise Regisseur und Dramatiker George Tabori einmal geklagt. Ihm fehlte das rechte Wort. Er hätte auf *entsinnen* kommen können.

Lassen Sie mich sagen

Kein Maulkorb, kein Zensor, kein Büttel weit und breit und natürlich auch keine Kerkermauern – und trotzdem tut er so, als müsse er mit einer riesigen Armbewegung ganze Barrieren und halbe Regimenter wegräumen, wenn er sagt: »Lassen Sie mich sagen.« Als müsse er ums Sagen und Reden förmlich kämpfen. Als hätte er's in einem Akt von fast rebellenhaftem Mut (»Lassen Sie mich!«) irgendjemandem abgetrotzt. Der Interview-, Konferenz-, Parlaments- oder auch nur Gesellschafts- oder Geselligkeitsredner, vom Kanzelredner ganz zu schweigen, zieht sich, wenn er den »Lassen Sie mich!«-Befehl erteilt, eine Art Jakobinermütze über die Ohren. Er tut eigentlich so, als stünde die Redefreiheit in Frage. Er zeigt, dass sich der mündige Bürger seiner Unmündigkeit gerne erinnert. Demjenigen, den heute niemand mehr am Reden hindern kann, sieht beziehungsweise hört man ungeniert zu, wie er scheinbar um ein Menschenrecht kämpft. Eine rhetorische Komödie. Nur dass gewöhnlich niemand lacht. Das Gesicht solcher Lächerlichkeit ist die Maske unseres öffentlichen Ernstes. Was kommt denn auch danach? »Lassen Sie mich sagen« – und dann nichts. Außer manchmal einer Nichtssteigerung: »Lassen Sie mich einmal in aller Deutlichkeit sagen.« Hier entblößt sich der Revoluzzer als Undeutlicher, der nun endlich »einmal« das Schwadronieren zu lassen verspricht. Oder: »Lassen Sie mich mit allem Nachdruck sagen.« Hier entpuppt sich der Rebell als Schwächling, der auf einmal Muskeln zu zeigen vorgibt. Hie und da freilich macht er sich ganz klein, wenn er ein ums andere Mal verkündet: »Ich sage« – als müsse er sich seines Sagens erst vergewissern. Und oft, allzu oft beugt er sich tief hinab wie auf der Suche nach dem verlorenen Wort, als ob er nicht mehr wüsste, wo ihm das Maul stehe: »Ich würde sagen.« Da hat sich dann der Kämpfer ums Rederecht schon wieder ganz zurückgenommen ins Krähwinkler Schlupfloch. Er würde schon sagen, wenn man ihn nur ließe, und irgendwie geschähe, so suggeriert behäbig sein »würde«, es allen nur recht, wenn er's nun nicht täte. Der Jakobiner, der sich nicht traut, im oratorischen Kasperletheater. So blamiert die Revolution ihre Kinder.

Alle Menschen werden Duzer

»Wollen wir nicht Du zueinander sagen? Ich bin der Soundso« (folgt der Vorname) – »Lassen Sie uns doch lieber beim trauten ›Sie‹ bleiben. Ich bin der Soundso« (folgt der Nachname). Der so Angesprochene und sich dem sprachlichen Intimitätsansinnen eigentlich doch aufs Liebenswürdigste, Korrekteste und Höflichste Verweigernde wird die Szene nicht verlassen können, ohne in den Augen der Öffentlichkeit als schroffer, arroganter, ja eigentlich asozialer Stoffel davonzustolpern. Auch wenn er es aufrechten Ganges tut. Es herrscht in der Gesellschaft dieser Jahre das unbedingte Duz-Gebot. So wie man allerorts die Krawatten abzulegen sich genötigt sieht, hat man die Distanz zum Gegenüber abzulegen sich angewöhnt. Der da als asozial und arrogant gebrandmarkt sich ins individuelle Formengehäus' Zurückziehende (man wünschte ihm gesellschaftlicherseits, dass er wenigstens ein wenig beschämt den Kopf einziehe, doch Pfeifendeckel!), hat es immer als eine besondere Auszeichnung, ja als eine Glücksüberraschung und ein großes, womöglich durch Haltung oder Taten oder wenigstens Sympathie – ganz abgesehen einmal von Liebe – verdientes Geschenk erlebt, wenn jemand Älterer, Höherer, Wichtigerer ihm das Du anbot. Als ein Zeichen von erlebter Nähe, bewährter Freundschaft und bekräftigter Besonderheit. Diese Goldmünze der Besonderheit ist zur abgegriffenen Sozialwährung geworden. Zu Zeiten antwortete man jemandem, der einen unaufgefordert duzte: »Mein Herr, haben wir schon mal miteinander Säue gehütet?«, wobei offenbar das gemeinsame Betreuen grunzenden Borstenviehs das fürs Duzen erforderliche Übermaß an Intimität geboten hätte. Es herrscht ganz ohne Säuehüten in einer Gegenwartsgesellschaft, die sich vornehmlich durch Entfremdung und Differenzierung auszeichnet und deren Spaltungsmöglichkeiten ins blödsinnig Identitäre hinein keine Grenzen zu kennen scheinen, ein wenigstens durch strenges Sprechgebot verhängter kollektiver Nähe-Zwang.

Der alte, freilich längst vergessene Warnhinweis, dass es »vom Du zum Arschloch nur ein ganz kurzer Weg« ist, wird heute derart in den Wind geschlagen, dass man meinen könnte, es machte den Arschlöchern nichts mehr aus, gleich unter sich zu bleiben. Vor allem im öffentlich-rechtlichen Fernsehbereich. Reporter duzen Sportler. Reporter duzen aber auch Reporter. Journalisten duzen Journalisten. Moderatoren duzen Moderatoren (»Hallo Theo, was weißt du über die Verhandlungen im Kanzleramt?«), Radio- und Fernsehsender ihre Hörer, als hätten sie lauter alte Kumpels vor sich. Versicherungskonzerne und Möbelhäuser und Internetparfümerien und überhaupt Versandhäuser und Bezahldienste machen ihre Kunden von Vornherein hinterrücks zu Duzisten, Telefonanbieter desgleichen – und sie ganz besonders penetrant. Politiker duzen Politiker (»Hallo Angela«), auch wenn sie den sprichwörtlichen Dolch im Intrigengewande bergen. Wo früher der Duz-Freund im Schwange war, sind heute auch geschworene Feinde und Konkurrenten in Kabinetten und Redaktionen zum Du verdammt: die

Duz-Feinde als neuer dritter Stand unserer Ständegesellschaft.

Einem Lehramtsreferendar aus alter, gebildeter, vornehmer, mit allen Höflichkeitswassern gewaschener badischer Familie, den es nach Nordrhein-Westfalen verschlug und der im Kollegium seiner neuen Schule darauf bestand, mit »Sie« angeredet zu werden, wurde nahegelegt, seinen Beruf zu wechseln. Und als er sich noch gar verstieg, seine Schüler der Oberstufe mit »Sie« zu traktieren, gab es einen Aufstand der Eltern.

Der Mann mit dem Speer

Dröhnendes Gelächter in einer Theaterpause, es ist schon länger her. Der leider längst verstorbene witzstarke Kollege Hellmuth Karasek füllte damals die Münchner Maximilianstraße vor den Kammerspielen mit seinem Gelächter im herb rasselnden Basso profundo satirico: »Und immer in diesen ollen *Hamlet*-Aufführungen sieht man gleich, wenn der Vorhang aufgeht, den Mann mit dem Speer, der ›Wer da?‹ fragt. Man kann den Kerl nicht mehr sehen!« Es ist, wie gesagt, schon länger her. Der Mann mit dem Speer ist zu Karaseks postumer historischer Beruhigung längst verschwunden. Er trägt höchstens Handy. Und Jeans. Gerne auch eine Maschinenpistole. Auch der Gott Wotan, der sich gleich zu Beginn des *Rheingolds* schlafend auf einen Speer stützt, den er aus dem Holz der Weltesche geschnitzt hat, worauf ihn seine Ehezicke Fricka mit »Wotan, Gemahl, erwache!« aus dem Dämmer scheucht, ist längst zur obligaten Aktentasche übergegangen. Die er in seiner kleinen Einbauwohnküche, kurz vor Walhall gelegen, verstaut. Die Waffen der Männer mit dem Speer sind in der Requisite eingemottet und verstauben dort. Diese martialischen Stoß- und Wurfwerkzeuge haben auf der Bühne keine Chance mehr. Schon ihre schiere Übergröße hindert ihr Vorkommen im Verkleinerungstheater. Denn sie machen ihre Träger mit groß. Man konnte die Kerle, da hat Karasek ganz recht behalten, nicht mehr sehen. So lange nicht mehr, dass man jetzt finden könnte, ein Wotan mit Speer statt mit Aktentasche wäre mal wieder was Neues.

Woher des Weg's?

Es gibt sowieso kein größeres Lesevergnügen als die Lektüre von Nachrufen. Denn alles Blasen und Tuten gilt dort lauter Guten. Der Tod ist ein großer Textverbesserer. Der »Nekrolog« auf der Internet-Allesbesserwisser-Seite namens Wikipedia aber bildet den sarkastischen Vergnügungsgipfel. Er bietet zwar nur eine Liste der weltweit jüngst Dahingeschiedenen, führt aber hinter jedem Toten auf, welcher Profession er nachging. Und woher er kam. Zum Beispiel: »Schottischer Massenmörder« oder »Französische Zuhälterin« oder »Bosnisch-serbischer Offizier und Kriegsverbrecher«, aber auch »Finnischer Dirigent« oder »Österreichisch-griechischer Bildhauer« und »Syrisch-britischer Terrorist« oder »Osttimoresischer Unabhängigkeitskämpfer«. Als sei Unabhängigkeitskämpfer beruflich auf einer Stufe mit dem Dirigenten. Freilich wird hier zwar der Trost gespendet, dass der Tod alle über die gleiche Sense schert – Massenmörder wie Dirigenten, Kriegsverbrecher wie Bildhauer. Andererseits liegt die Frage nahe, was denn das Schottische am Massenmörder, das Französische an der Zuhälterin, das Österreichisch-Griechische am Bildhauer sei? Vielleicht fühlte sich die Zuhälterin in ihrer Liebe zu altem Single Malt Whisky als wahre Schottin, der Massenmörder, der im Peugeot zu seinen Opfern fuhr, als halber Franzose, der spätzlesüchtige Bildhauer als heimlicher Schwabe, und der finnische Dirigent hat sich womöglich als österreichischer Triangel-Spieler gesehen, der gerne im osttimoresischen Dschungel dem Unabhängigkeitskampf gefrönt hätte.

Wer weiß das schon? Gerade jetzt, wo alle Grenzen so gewaltig überwandert werden und die nationalen Identitäten weltweit ins hintergründliche Migrationsrutschen geraten, wirkt die Frage »Woher des Wegs?«, dem Tod auf die Wikipedia-Sense gedengelt, doch etwas arg komisch.

Bei Maria

Die Szene hat ihre feste Zeit: jeden Samstagmorgen. Sie liegt zwar mitten in einer deutschen Stadt, wirkt aber wie im Wald. Überdacht von hohen Linden und Platanen, die zusammen mit einem herrlichen Brunnen, in den zwölf Löwenköpfe und zwei bocksfüßige, flötenspielende Pan-Götter hineingucken, das Bühnenbild abgeben. Ein verwunschener Platz. Auf ihm herrscht samstags auch im grauesten November Sommernachtstraumzeit. Es ist die Zeit, in der Handwerker auch vierhundert Jahre nach Shakespeare in Esel verwandelt werden, nachdem ihnen der Kobold Puck Zaubersaft in die Augen geträufelt hat. Puck heißt hier Maria. Sie ist dunkel, klein, zart, blickt aus großen traurigen Augen auf die Handwerker, die sie total verrückt macht. Sie bewirtschaftet einen Pavillon am Rande des Platzes. Ihr Zaubersaft ist kaffeeschwarz oder perlweinbeige. Sie träufelt ihn nicht in Augen. Sie reicht ihn mit einem bittersüßen Lächeln über ihre Theke. Aber er macht, dass brave Handwerker urplötzlich ein tolles italienisches Stück spielen, aufgeführt von grundkomischen Deutschen.

Zum Beispiel von jener grauhaarigen, offenbar bestsituierten Rentner-Pythia, die schon am frühen Morgen einer Runde geriatrischer Alkoholiker präsidiert, denen sie die Prosecco- und Rotwein-Rationen zuteilt, dieweil sie unaufhörlich Prophezeiungen von sich gibt, denen die Runde nicht glauben muss, Hauptsache, sie hört still und geduldig Schluck für Schluck zu. Oder vom stets angesäuselten Antiquar mit seiner Mappe, aus der er alte

Städtestiche anbietet, als wären's schärfste Pornos. Oder von den plärrenden Müttern mit ihren stillen Kindern. Oder vom Koch eines Restaurants, das auf Wildschweine spezialisiert ist, was man dem Koch unbedingt ansieht, der einen gewaltigen Schmiss von der Stirn bis zum Kinn trägt, als sei dies ein Orden. Von all den netten Kieferorthopäden auch, den Betriebswirten, Rechtsanwälten, Homeofficebetreibern, Journalisten, Pensionisten, die sozusagen den Chor bilden. Sie alle verwandelt Signora Pucks Zauberbrühe derart, dass sie lauthals singen: »Uuuuuuhn kaputschinooo«, oder jodeln: »Uuuuuhn latteee«. Auch versteigen sie sich baritonal zu einem »Tschau bälloo!« oder »Bondschooorrrnooo!«. Und produzieren überhaupt Töne, die kein Auge je gehört, kein Ohr je gesehen hat. Verwandlungsdeutsche, die so tun, als trügen sie die tollsten italienischen Eselsköpfe auf den Schultern. Nur Signora Puck spricht hier Deutsch. Zwar mit italienischem Akzent, aber sehr verständlich: »Das macht dann zwölffünzig.« Ciao, bellissima!

Drei Schwestern

Einmal standen sie am Abgrund. Und seufzten: »Wenn man es nur wüsste …« Sie meinten damit das Leben und wie es weitergehen solle. Der einen hatte man den Verlobten im Krieg erschossen. Sie hatte ihn nicht sonderlich geliebt, aber wäre mit ihm zurechtgekommen. Der anderen war ungefähr zur gleichen Zeit der Geliebte abhandengekommen, mit dem sie ihren Mann, einen unsäglichen Langweiler (Schuldirektor), wundervoll würde betrogen haben. Bevor es dazu kam, hatte man ihn, einen Offizier, zusammen mit seiner Einheit abgezogen. Er war dann ganz weggeblieben. Der Dritten schlugen die vielen Schulhefte, die sie korrigieren musste, und die aussichtslose Liebe zum Mann ihrer Schwester (dem langweiligen Schuldirektor) derart aufs Gemüt, dass sie eine geschlossene Anstalt aufsuchen musste. Das ist lange her. Heute sind die drei Schwestern über achtzig. Und strampeln im Glück. Denn ihre Welt besteht lange schon aus nichts als einem Fitness-Studio. Morgens betreten sie es, entern die Laufbänder, die Latzüge und die Crosstrainer. Abends verlassen sie es, nachdem sie lange in der 100-Grad-Sauna und an der Saftbar zugebracht hatten. Sie sehnen sich nicht mehr nach unerreichbaren Männern. Sie schimpfen auf alle Männer. Zwischen zwei Kraft-Ausdauer-Zirkeln. Jeglicher Abgrund kann ihnen gestohlen bleiben. »Du willst wissen, was das Leben ist«, schrieb einst Anton Tschechow, Verfasser großer trauriger Komödien, an seine Frau und gab die Antwort: »Das Leben ist eine Mohrrübe.« Die drei Schwestern wissen es besser.

Tragödienbetrug

Darf ein Luftwaffenpilot ein von Terroristen entführtes Passagierflugzeug abschießen, wenn er damit verhindert, dass es in ein mit 70.000 Zuschauern gefülltes Fußballstadion gelenkt wird? Darf man Unschuldige töten, um andere Unschuldige zu retten? Das sind Tragödienfragen. Sie gehören in ein Drama. »In einem Drama haben immer zwei Leute recht, sonst wäre es keines«, sagt der kluge Rudolf zur noch klügeren Marie Steuber in dem Drama *Die Zeit und das Zimmer* von Botho Strauß, das seit der fulminanten Uraufführung 1989 an der Berliner Schaubühne (Regie: Luc Bondy) leider kaum mehr gespielt wird. Viel gespielt, an mehr als zwei Dutzend Bühnen in den letzten Jahren, was dann auch noch eine Fernsehfassung zur Folge hatte, wurde und wird dagegen *Terror* des gelernten Juristen Ferdinand von Schirach. *Terror* hat die Form einer Gerichtsverhandlung mit Angeklagtem (dem Luftwaffenpiloten), Staatsanwalt und Verteidiger. Es geht um den Flugzeugabschuss, den der Pilot sich aufs Gewissen lud. Am Ende dürfen die Theaterzuschauer den Richter spielen, der dem Drama fehlt: Gemeinhin plädiert eine Publikumsmehrheit von um die 60 Prozent auf Freispruch für den Piloten. Das Theater delegiert die Tragödie, die es aus- und durchzuspielen hätte bis zum unlösbaren Punkt, wo »zwei Leute recht haben«, an Leute, die gerade dadurch, dass sie über sie abstimmen, um die Tragödie betrogen werden. Man stelle sich vor: eine Publikumsabstimmung darüber, ob Odoardo Galotti das Messer, mit dem er seine Tochter

Emilia verzweifelt absticht, lieber zum Rosenschneiden hätte verwenden sollen.

Radiojahre

Beim Querlesen entdeckt: »Hätt' ich die Spielsachen meiner Kinderjahre!« Einer der abgrundschönen Wehmutsseufzer Jean Pauls. Denn Spielsachen haben Ausgrabungskraft. Zum Beispiel mein Lieblingskinderspielzeug. Ein Holzkasten, innen rundum mit einem weißen Bakelit-Rahmen. In der oberen Hälfte, die ganz mit schönem beigen Stoff bespannt ist, prangt ein Schildchen: »Grundig 2088«. Darunter eine breite gläserne Scheibe mit je einem Drehknopf rechts und links. Auf der Scheibe in kleiner, leuchtender Schrift: die ganze weite, rätselhafte Welt. »Schweizer Rundspruch«, »Oslo«, »Droitw.«, »Motala«, »Kalundborg«, »Beromünster«, »Hilversum«, »Berlin-Ost«, »Brasov«. Überm rechten Drehknopf, mit dem man durch diese ganze Welt auf »LW« wandern konnte, ein grünes magisches Auge. Es durchdrang die fünfziger Jahre. 1953, als die Großmutter am »Grundig 2088« über dem Arbeiteraufstand in Ost-Berlin in Entsetzensschreie ausbrach, die sich 1956, als in Prag, Budapest und Warschau Panzer über Menschen hinwegrollten, ins Schreckensjähe gesteigert, wiederholten – aber in Entzückungs- und Erstaunenslaute verwandelt wurden, wenn sonntagnachmittags Hörspiele von Eich oder Böll oder Frisch durch die Stoffbespannung drangen, Nachrichten über das Neueste von Beckett oder Brecht oder Ionesco die Ohren weiteten. Später hieß es, diese Jahre seien »die muffige Adenauerzeit unterm Mehltau der Restauration« gewesen. Das alte Spielzeug weiß es besser. Aufregender ging es später nie mehr zu.

Keine Krott' in die Grott'

Was hat euch, ihr Verächter des Schlechten, die Grotte nur angetan, dass ihr sie so »grottenschlecht« macht, dass eine »grottenschlechte Inszenierung« ebenso wie ein »grottenschlechtes Fußballspiel«, ganz abgesehen von einer »grottenschlechten Ehe« oder einem »grottenschlechten Menü«, womöglich sogar einer »grottenschlechten Glosse«, in sie hineingeschmissen wird? Ist eine Grotte nicht etwas Wunderschönes, Verwunschenes? Siedelten denn in ihr nicht ganz früher Nymphen und Götter, die überm fein sprühenden Quellnebel zu schönen Statuen sinterten, später dann Heilige und Gottesmütter, rosenkranzumrankt über Mondsicheln ihren Schutzmantel ausbreitend? Sprudelten in ihr nicht wunderwirksame, der Anbetung würdige Wasser, die wie in Lourdes Lahme gehen machen (wenn der Lahme daran glaubt)? Und findet man dort, im sanktuarisch nüchternen Dämmer, nicht all die blauen Blumen wieder, die eine längst verschwundene Romantik einst vergeblich zu finden hoffte? Und wieso nehmt ihr mit eurer bequemen, laschen grottenlosen *G*-Schlamperei nicht wahr, dass das *K* viel besser zum Schlechten passt? Dass es die Kröte (südd. *die Krott'*) ist, die warzenüberzogene, hässlich geblähte und grauenvoll quakende Sumpf- und Matschbewohnerin, die das unterirdisch Schlechte, also wahrhaft Krottenschlechte sprachlich am allerbesten adjektiviert? Und würdet ihr jetzt bitte in allen euren krottenschlechten Medien mal die begriffslosen Sprachgriffel von der Grotte lassen? Denn sie ist grottengut.

Unter Wilden, postkolonial

Dort, wo früher ein Bäcker, ein Metzger, womöglich gar ein Wirtshaus standen, hält heute selbst in den kleinsten Dörfern und Städten das Tattoo-Studio die Stellung einer Dienstleistung, die vom Discounter auf der Industriegebietsbetonwiese hinterm Nachbardorf (noch) nicht erbracht wird. Manchmal bieten die kleinsten Kaffs sogar zwei konkurrierende Schuppen, die sich der Kolorierung der Epidermis verschrieben haben. Die farbige Hautbenadelung scheint längst eine allgemeine. Man trägt das als unabwaschbaren Ehrenschmuck. Die Aussicht, dass die Haut altern und schrumpeln und das dort eingebrannte Bild mitschrumpeln könnte, stört offenbar kaum einen. Viele Körper vieler republikanischer Landesbewohner werden zu wandelnden Galerien, man sieht sie Drachen, Vögel, Blumen, Totenköpfe oder auch nur geometrische Muster spazieren tragen. Auf den Fußballfeldern gehört das schon längst zum guten Hautton. Die Blutgrätsche des rechten Verteidigers wird zur beinmalerischen Waffe in Blau und Rot und Violett. Passend zu den seitwärts hoch- bis ganz kurzhaarrasierten Schädeln prägt der Wilde als Wiederkehrer das Weichbild der Städte. Als ob sie alle Irokesen oder Wiedergänger der Maori wären. Und als ob sie alle wie in einem Akt kollektiven Bekennerwahns den späten reuevollen Bild-Ersatz für die Kolonisierung und Ausrottung der wilden, fernen, fremden Völker leisteten, die ihre Vorfahren auf dem Gewissen hatten. Und so, als mit wilden Farben und Zeichen genadeltes Ungeheuer, zeigt man ja auch sehr schön, dass man sich selbst noch längst nicht geheuer ist.

Unter Wandmenschen, archäologisch

Wenn irgendwann, sagen wir in dreitausend Jahren, Archäologen die Erdschicht so ums Jahr 2000 n. Chr. herum freilegen, werden sie einen Typus Planetenbewohner staunend identifizieren, den sie wohl als den ›Wandmenschen‹ klassifizieren mögen. Denn keine der dann ausgegrabenen Wände, stammten sie von den seltsamen Häusern, in denen die Erdbewohner damals lebten, oder von Tunneln, durch die sie sich offenbar, in große, eiserne Behältnisse eingepfercht, bewegt haben müssen, sind vom ›Wandmenschen‹-Typus unsigniert geblieben, das heißt mit wilden Kringeln, großflächig ausgemalten Zeichen, Zacken und Hieroglyphen, kurz mit wild entfesseltem Runen-Geschmier förmlich unterschrieben worden. Als habe sie jedwede Wand zu zwanghaftem Bemalen getrieben. Die solcherart Endesunterfertigten wollten, so die Theorie der Archäologen im Jahr 5022, wohl ihr Privatestes, das, was ihnen, so eines der literarisch beglaubigten Zitate aus jener Zeit, »durch die Rübe rauschte«, der Öffentlichkeit aufsprühen. Womit sie unter anderem auch ganze Verkehrsschilder, also Wegweiser des öffentlichen Verkehrs, unbrauchbar gemacht und so der Öffentlichkeit nahegelegt hätten, sich überhaupt nirgends mehr hinzuwenden und einfach vor dem Geschmier starr innezuhalten. Ohne freilich auf Verständigung mit einem größeren Adressatenkreis rechnen zu können – es sei denn mit einem eingeweihten, in engen, schamanenartigen Kreisen verkehrenden. Dem es offenbar auch eingeleuchtet haben dürfte, zum Beispiel von sämtlichen zur Verfügung stehenden öffentlichen Mauern herab von oben bis unten mit der Zahlenfolge »231« in unterschiedlichsten Schriftgrößen überschwemmt zu werden. Es müsse sich um eine Art primitives Stammesritual gehandelt haben – oder um einen Zahlenzauber, der allein durch Wiederholung eventuell betäubende oder verblödende Wirkung erzielt habe. Wiewohl der große gesellschaftliche Rest damit verständnislos belästigt worden sei. Man könne aber wohl annehmen, dass die Gesellschaft ums Jahr 2000 sich einfach an die wandflächendeckende Diktatur der Zeichen genauso gewöhnt habe wie an jeden anderen Terror auch.

Anhörig

Man konnte zu Zeiten, als die neue deutsche Feinschmeckerei langsam, aber sicher in die unvermeidliche Feinschmockerei überging, sich an Speisekarten delektieren, in denen alles der »an«-Lust huldigte. Selbst die Leberwurst war damals »an« Sauerkraut, das wiederum »an« Kartoffeln sein solcherart höhergejazztes Dasein fristete. Es war da ja immer so, als sollte eine supergeschmackliche Distanz des einen vom anderen einerseits behauptet, andererseits irgendwie aber auch aufgehoben werden: insofern auch ein Spiegelbild der Gesellschaft so um die Jahrtausendwende herum. Und wem das nicht schmeckte, der konnte sich die »An«-rüchigkeit der Sache wenigstens auf der Zunge zergehen lassen. Was die Köche irgendwann bleiben ließen, pflegen jetzt penetrant die Rundfunkmoderatoren, wenn sie Konzerte ansagen. Identifizierten sie den Solisten früher noch mit seinem Instrument (»Sie hören das zweite Klavierkonzert von Brahms, es spielt Arthur Rubinstein«), nehmen sie es ihm heutzutage weg: »Am Klavier Arthur Rubinstein« (obwohl es immer noch derselbe Rubinstein ist). Als sei es ihm nicht mehr notwendig eigen, als habe er nicht Kopf und Herz für es hergegeben, als sitze er nur gerade zufällig »an« ihm. Das gilt auch für andere, ansagerisch allenfalls »an der Violine« oder »an der Oboe« oder gar »an der Flöte« tätig. So trägt die Musikindustrie, die den Solisten sowieso nur als Genie-Markt-Prothese eines Events betrachtet, auch noch den öffentlich-rechtlichen Sprachsieg davon.

Der Davonausgeher

Er ist die hauptunsächliche Figur unserer Jahre: der Davonausgeher. Ob Politiker, Wissenschaftler, Künstler, Marktfrau, Arzt, Arbeiter, Nachbar, Abonnent – man sieht förmlich, wie er das Bein hebt, es spreizt und in einer großen Sprachgeste ausschreiten lassen möchte. Wenn er sagt: »Ich gehe davon aus.« Wo er's nun aber halten muss wie der Storch, weiß er nicht, wohin. »Ich gehe davon aus« – und? Da tappt die Riesensprachgeste, dies bombastische Geschreite auch schon in den Sumpf. Es rutscht übers Komma hinweg ins »dass« und macht sich mit morastigen Nebensätzen die Strümpfe nass. Von »Ausgehen« keine Rede mehr. Die Floskel rutscht längst auf dem Hintern. Keinen stört das offenbar. Weder den Kanzler noch die Opposition, weder den Chef noch die Untergebenen. Besonders aber Leute nicht, die irgendeine Aufgabe, schlimmer noch »ein höheres Wohl« ihr Eigen nennen. Dem sie sich unnachsichtig verpflichtet fühlen. Und das sie hemmt und einengt. Und alle anderen plappern es ihnen bequem nach. Es käme ihnen wahrscheinlich zu gewagt, zu selbstdenkerisch, zu freimütig, ja womöglich zu frivol vor, zu sagen: »Ich nehme an« oder »Ich vermute« oder »Ich rechne damit« oder »Ich halte es für wahrscheinlich«. Denn Vermuten oder Annehmen oder auch nur Dafürhalten sind abstrakte Vorgänge, durch nichts zu rechtfertigen als durchs Risiko eigenen Wagens und Wägens und Denkens. Davonausgehen jedoch suggeriert einem ja sofort, es könne sich einer am eigenen Schnürsenkel festhalten und sich auf seine Kreppsohlen verlassen.

Ausgehen von bedeutete einst aber auch etwas Geheimnisträchtiges, nämlich im Sinne von *Herrühren von* oder gar *Beginnen*. Das klang oft poetisch, sogar biblisch: »Es begab sich aber zu der Zeit, dass ein Gebot vom Kaiser Augustus ausging …« Es war einst ein Etwas, das da ausging. Jetzt ist es ein Ich, das davon ausgeht. Scheinbar nur eine Individualisierung, mehr eine Normierung. Das Etwas nämlich, heiße es des Augustus Gebot oder auch nur die Mär von der schönen Lau (die in Mörikes Wunderwerk einging), war persönlicher, intimer, seltener und folgenreicher als jetzt dieses massenhaft kollektivierte »Ich-gehe-davon-aus«-Personal. Der Davonausgeher macht ein zu großes Aufhebens um sein Ich, als dass da nicht der Verdacht berechtigt wäre, dass es mit dem Ich nicht so weit her ist. Es hat eigentlich in den meisten Fällen nicht wirklich etwas zu sagen. Also geht es aus. Und davon.

Autoauto

Woher die große Freude, die linke Hand am Lenkrad, die rechte am Schalthebel zu bewegen, dazu die Füße zwischen den Pedalen, als sei's die Parterre-Region einer Orgel? Weil man selbst was in Gang setzt, das in Gang Gesetzte beherrscht oder für dessen Beherrschung wenigstens die Verantwortung übernimmt, Kopf, Herz und Hirn und manchmal auch die Gesundheit hinhält (und immer natürlich den Geldbeutel)! Es droht künftig freilich absolute Freudlosigkeit in Form eines Raubs der Autonomie. Man lenkt nicht mehr. Man wird gelenkt. Man gibt nicht mehr Gas. Man wird beschleunigt. Man fährt nicht mehr. Man wird gefahren. Man steuert nicht mehr. Man wird gesteuert. Man hat keinen Kopf, kein Herz, kein Hirn mehr für das Gefährt, also auch kein Risiko auf Tod und Leben (nur der Geldbeutel bleibt). Den Rest erledigen Satelliten und Algorithmen und Computer und Kameras und dergleichen technoides Prothesenzeug. Völlig menschenfeindlich gewordene Autokonzerne werfen gerade Unmengen an Geld und Hirn zum Elektrofenster raus, um in formlosen Dingern den Fahrer (vulgo: Menschen) überflüssig zu machen. Automatisch bewegte, herz-, hirn- und risikolos ferngesteuerte Kisten in den Straßen – ohne einen Subjektgriff ans Lenkrad. Reiner Betrieb. Ohne Inhalt. Das Automobil wird so zum Autoauto. Ungefähr vergleichbar einem Theater, das zwar noch die technische und kaufmännische Abteilung beschäftigt, jeden Abend offen hat, aber ganz ohne Schauspieler auskommt. Und ohne Zuschauer auch. Ich fahre da nicht mit.

Umblättern

Das Licht im Saal erlöscht langsam. Das Gemurmel des Publikums erstirbt. Beifall brandet auf. Der Pianist betritt die Bühne. Verbeugt sich. Setzt sich an den Flügel, auf den ein Scheinwerferkegel gerichtet ist, der den Spieltisch mit den 88 Tasten ausreichend beleuchtet, den Rest aber in träumerischem Dämmer lässt. Und es vollzieht sich regelmäßig ein heimlich oder auch offen bestaunte Wunder. Denn der Mann hat keinen Notenpacken dabei. Er hat die Noten im Kopf. Es gehört zur Zirzensik seines Auftretens, zum Staunenmachen des Virtuosen, dass er nicht nur eine Abfolge von großen, komplizierten Stücken auswendig im Gedächtnis und – vor allem! – in den Fingern hat. Sondern dass er uns scheinbar das Umblättern, dieses lästig materiell Raschelnde, in angehaltenen Sekundenbruchteilen eine Notendruckschrift Weiterschaufelnde erspart. Also ein Störendes, ein Zeitliches, das auf ein Unendliches, unbeschränkt Fließendes, unangehalten Zeit Verbrauchendes und Verströmendes und in Zeit mühelos Aufgehendes trifft: auf den Klang. Doch auch wer auswendig spielt oder dirigiert, blättert um. Ob er will oder nicht. Ob er den Kopf in der Partitur oder die Partitur im Kopf hat – entweder fingern seine Finger oder es fingert sein Kopf. Ohne Fingern keine Musik. Denn irgendwo muss er die Noten, die erklingen sollen, ja herhaben. Unterm großen Dirigenten Dimitri Mitropoulos, höchstbegabt mit einem photographischen Gedächtnis, der jede noch so kleine Note der Partitur im Kopf abgespeichert hatte, die er nie vor sich aufs Pult zu legen nötig hatte, ein Auswendigdirigier-Genie vor dem Herrn, flüsterten sich die Orchestermitglieder bei dementsprechenden Stellen immer zu: »Jetzt blättert er gerade um!« Und also ist das Umblätternmüssen so oder so der Beweis der nur Sekundenbruchteile umfassenden Niederlage des unvollkommenen Menschen vor der vollkommenen Kunst. Als deute die Musik immer mit einem ironischen Zeigefinger auf den vor ihr sich Mühenden und höhnte: Renn' mir ruhig hinterher – ich bin immer schon einen entscheidenden Schlag weiter, dort, wo du nie hinkommst!

Der allergrößte Klavierkünstler Sjatoslav Richter, der mit zunehmendem Alter aus den Noten und nicht aus dem Gedächtnis spielte, eben weil er einsah, dass er dann ja auch noch auswendig umblättern hätte müssen, ließ zwar neben dem Flügel immer jemanden positionieren, der ihm umblättern sollte. Aber bevor dieser nervös und angespannt sich dazu bereitmachte, griff Richter wie von der Tarantel gestochen majestätisch selbst zu und warf das Notenblatt nach links. Natürlich gingen dabei Zeit und Noten und die Nerven der Hilfskraft verloren. Aber die Größe Richters, die sich zu ihrer Demut vor der Unvollkommenheit bekannte, hob den Verlust an Vollkommenheit wieder auf. Und andererseits, als die Wiener Philharmoniker, der genialste Orchesterschlamperladen der Welt, der zudem ja Tonhoflieferant der Wiener Staatsoper ist, einmal vom damaligen Direktor Herbert von Karajan verlangten, man solle neue *Figaro*-Noten anschaffen, die alten hätten die Motten gefressen, wurde die erste *Figaro*-Aufführung mit den neuen Noten ein beispielloses Debakel. Denn die Noten waren jetzt weiter gesetzt als in der alten Ausgabe. Die Schlamperei kam gewaltig aus dem Tritt, denn innerlich blätterten die Herren (keine Damen damals) ganz woanders um, ohne wirklich umzublättern, während dort, wo man wirklich umblättern musste, innerlich niemand daran dachte, umzublättern, was eine Doppelkatastrophe ergab, untertitelt: »Wie es euch zerfällt«.

Und Zerfall ist der Musikumblätterung Nahrung. Wenn in Chopins cis-Moll-Impromptu der Des-Dur-Mittelteil beginnt, die große, süße, lyrische Ruhe nach dem nervenüberreizten Salonkitzelsturm, muss man zum Beispiel in der Ausgabe der Wiener Urtext-Edition nicht umblättern: Man hat die Zeit dazu, hier keine Zeit zu haben, sondern einen logischen, das heißt frappierenden Übergang hinzukriegen. Aber wenn dieses lyrische Schlafwagenabteil wieder an den cis-Moll-Schnellzug angekoppelt wird, muss man blättern und hat nun keine Zeit dazu, hier Zeit zu haben. Generationen von Klavierschülern fuhren mit dieser Ausgabe immer irgendwie in den falschen Bahnhof ein.

Schöne Menschen

Man stelle sich einen Klavierabend vor. Anspruchsvollstes Programm (letzte Beethoven-Sonaten). Eine Person betritt die Bühne, auf der sonst nur noch der Flügel samt Klavierhocker zu sehen ist. Die Person sehr klein, alt, verwachsen, bucklig, offenkundig an einer schweren Skoliose leidend, hinkend, in einem schlichten, grauen Kleid, die Haare in einem kaum zu bändigenden Dutt wirr gefasst, das Gesicht zerfurcht, aschfahl, die Unterlippe schlaff hängend. Gemurmel in den Reihen: »Was hat die Putzfrau hier zu suchen? Wo bleibt die Pianistin?« Dann aber setzte sich Clara Haskil ans Klavier und zauberte Himmlisches, Innigstes. Das war in den fünfziger Jahren. Sie durfte das damals noch. Heute würde sie die Musikästhetenpolizei gar nicht erst in den Saal beziehungsweise einen Wettbewerb gewinnen beziehungsweise einen Plattenvertrag unterzeichnen lassen. Selbst Provinzpianistinnen und Regionalgeigerinnen, von sogenannten Weltklassesängerinnen ganz zu schweigen, haben in tadelloser Modelfigur, schulterfreiem Abendkleid und make-up-strahlender Sexyness ihre Sechzehntel zu bewältigen. Als dürfe, wer schöne Musik mache, auch nur ein schöner Mensch sein. Als schlösse ein Klumpfuß oder ein Zweizentnerleib die geniale Phrasierung eines schlanken Allegros aus. Eine gnadenlose Selektion, die einem quellennotorisch kleinen Unansehnlichkeitsmännchen wie Mozart keine Auftrittschance ließe. Jede kleine, schöne Pianistin schlüge ihn leichterhand aus dem Feld. Selbst mit einer schlecht gespielten Mozart-Sonate.

Takte 124 bis 126

Nichts leichter als Mozart. Für Dilettanten (und Kinder). Zum Beispiel die drei ganz simplen Takte 124 bis 126 im ersten Satz seines letzten Klavierkonzertes, B-Dur, KV 595. Man kann sie in einer alten, ziemlich zerfledderten, verfleckten, abgegriffenen, aber immer noch wundervoll gelben Ausgabe der *Schirmer's Library of Musical Classics* aus den frühen sechziger Jahren nachgucken, »critically revised, fingered, and the orchestral accompaniments arranged for a second piano by Isidor Philipp«, so dass der Dilettant geneigt war, den Mozart der Klavierkonzerte für einen genuin englischen Komponisten zu halten (und manche Kadenzen waren denn auch in ihrem Pomp-and-Circumstances-Kitsch danach). Damals war der Dilettant noch ein halbes Kind, das nach diesen Noten gegriffen hatte, wie es nach allem griff, was nach Gegenwelt schmeckte: unverfroren, neugierig und glühend unverschämt genug, sich zuzutrauen, was nur irgend groß und schön, dem Kind aber kinderleicht schien. Nie wieder auch gingen ihm ganze Dramen so leicht in Kopf und Herz (der ganze Shakespeare, der ganze Schiller, der halbe Kleist). Und wo im dramatischen Dialog mit dem Klavier das Orchester (im Klavierauszug) in Takt 124 eine total einfach tonleitrige Melodielinie in Achtelnoten hintupfte, fingerte der kindliche Dilettant mit der linken Hand seines Solo-Parts zu jedem Tonleiter-Achtel eine in Sechzehnteln gebrochene Terz hinzu, wie es im Text stand. So dass es wirkte, als werde eine Girlande an der Decke aufzuhängen versucht, nach der sich Takt 125 noch derart streckte, dass dort die rechte Hand mit erst lange aufsteigenden, dann kurz abfallenden Sechzehnteln die Schnur an einem Haken festzubinden schien, während Takt 126 schon die nächste schöne, bunte, tolle Sechzehntel-Girlande herwehen ließ.

Das ging wie geschmiert. Leicht und lässig. Und vor allem ging es vollkommen unbewusst. Das halbe Kind, der ganze Dilettant, war dumm genug, restlos glücklich zu sein. Denn es wusste gar nicht, was es spielte. Es spielte nur mit dem Spiel. Und kam sich törichterweise groß vor. Und sagte sich: »Ich kann Mozart!« Das war der Beginn einer Katastrophe, ja eines Fluches, dessen Bann seit Jahrzehnten auf dem älter gewordenen Kind liegt. Von jenem Moment an nämlich, in welchem dem Kind bewusst wurde, dass es diese Sechzehntelgirlanden »konnte«, fingen die verfluchten Noten an, sich zu sperren und zu spreizen. Sie wurden zu unüberwindlichen Brocken, von denen der eine dem anderen sozusagen vor die Finger kollerte, in ungleichmäßigen, holprigen Abständen. Nichts flutschte mehr. Alles stockte. Die Terz-Abstände waren und sind nun keine geschlenzten Hüpf-Distanzen mehr, sondern riesige Klüfte, Abgründe. An diesen drei Takten Mozart-Gebirge arbeitet der Dilettant sich seither vergebens ab. Dass die einfache, umspielte Tonleiter keine Girlande mehr emporweht, sondern ein fast resigniertes, schmerzend eng geführtes Sichaufschwingen und Wiederzusammensinken bedeutet, dass hier große, gewaltig traurige, reife Lebenslinien auszumusizieren, keine Scherzartikel aufzuhängen sind, macht aus der Fingertechnik des Dilettanten hilflosestes Blendwerk. Und er begreift: Wer Mozart kann, kann ihn nicht.

Wer bin ich?

Wer in die Prospekte von Verlagen, zur Frühlings- wie zur Herbsteszeit, schaut, findet als Ankündigung vor allem: Suchanzeigen. Junge Autoren, allesamt so um die dreißig, suchen entweder die Liebe oder den Opa. Wobei der Opa, wahlweise auch die Oma, überwiegt. Es herrscht in unsicherer Zeit offenbar eine ungeheuer große Sehnsucht nach dem Woher des eigenen Seins. Verbunden mit Enthüllungen. Entschleierung der Vorfahren. Düstere, unappetitliche Geheimnisse, vornehmlich politisch verruchter, naturgemäß schwer schuldbeladener, nazistischer, wahlweise auch sexualmissbrauchsartiger Natur. Je mehr aber in der jüngeren Gegenwartsliteratur nach älteren Familienstammbäumen gesucht wird, auf denen man ins schaurig Dunkle hinabklettern kann, desto fragwürdiger wird der helle, lichte Baumbewuchs gerade in der Realität. Stellen wir uns aber mal ein fremdsamengespendetes, von einer indischen Leihmutter ausgetragenes Kind vor, das von einem deutschen homo- oder auch heterosexuellen Paar beliebig diversen Geschlechts adoptiert wird, das nach der Trennung seiner Eltern bei der Halbschwester des einen Partners aufwächst, die selber schon zwei Kinder aus zwei Ehen hat und gerade ein drittes von einem freibleibenden Männerangebot erwartet, Frucht und Folge naturgemäß kompliziertester Scheidungsverhältnisse, wobei schon der Vater der Halbgeschwister nicht genau wusste, von wem seine Kinder waren – wonach wird dieses Kind suchen müssen, wenn es dreißig wird? Und auf trittsicheren Stammbaumästen aufstrebend einen Familienroman schreiben möchte? Wohl nach der Luft, in der man es hat hängen lassen.

Die Wiederkehr des Zeigefingers

Irgendwann war es sehr still um ihn geworden, auch hatte man länger nichts von ihm gehört. Jetzt plötzlich ist er wieder da. Und sticht. Und fliegt dabei übern Tisch. Und trifft. Der Zeigefinger wird wieder zur Waffe. Die trennt: in Gut und Böse. Immer dann, wenn Worte fallen, die keine Fassung haben. Über die sich nicht im Für und Wider, im Womöglich oder Vielleicht oder Man-wird-Sehen reden lässt. Sondern die verlangen, dass man sich ins fassungslos Eindeutige einreiht. Entweder in die eine Reihe oder in die andere. Der Zeigefinger hat hier auch die Funktion einer Einreihungspeitsche oder eines Tranchiermessers. Fällt zu jüngeren Zeiten zum Beispiel bei einem Diner oder auch nur bei einer Cocktail-Runde oder einem Familien- oder Freundeskreiskaffee das Wort ›Flüchtlinge‹, zu jüngsten Zeiten dann das an sich so kranz- und kronenschöne, aber eine grausame, tödliche Sache und Seuche bezeichnende Wörtlein ›Corona‹, dann werden Gläser und Messer und Gabeln und Löffeln weggelegt und die Zeigefinger ausgefahren: Bekenne dich – zu mir oder gegen mich! Ich bin gegen die wahllose Aufnahme von Flüchtlingen (der eine Zeigefinger)! Ich bin dafür (der andere)! Ich bin gegen die Seuchenschutzgesetze (der eine Zeigefinger)! Ich bin dafür (der andere)! Man sieht sich sofort, schmerzhaft manchmal zwar, aber todsicher, zum Schwur auf einen jeweiligen zustechenden, unbedingt zutreffen wollenden Zeigefinger-Katechismus genötigt. Das Gespräch, freundlich kritisch, urban, human, abwägend, zugebend, wie auch immer, verstummt. Es wird laut. Die Tirade erhebt ihr brüllend Stichelhaupt. Feindschaftskeime sprießen, und die Blumen des Bösartigen blühen. Es gibt kluge Zeitgenossen, die, wenn sie das Wort ›Flüchtling‹ oder ›Corona‹ hören, sofort den Raum verlassen und in der Küche von ihrem Zeigefinger herunter lieber das Dessert schleckend naschen.

Kämpfer beim Bäcker

Im Raum, der klein und eng, aber heimelig ist, stehen die frisch Geduschten, Dynamischen, Zufriedenen, Ausgeschlafenen, die am Samstagmorgen Brötchen holen hier im besten Bäckerladen unserer kleinen Stadt. Man reiht sich ein in eine lange Schlange, die sich vom halben Stockwerk, in dem der Laden knusprig vor sich hinduftet, über eine Treppe bis auf die Gasse windet. Schon zu den seligen Zeiten, als das Seuchengesetz noch keine Abstandsregeln vorschrieb. Es war und ist ein sehr altmodisches Etablissement. Die Besitzerin und ihre Aushilfe, die hier das frisch Gebackene über die Theke reichen, agieren langsam, nehmen sich Zeit für ein Schwätzchen, auch wenn die Schlange ihrer Kunden immer länger wird. Zu konstatieren, dass niemand drängelt, wäre eine maßlose Übertreibung. Denn es wird hier so sehr nicht gedrängelt, dass man lieber lange im Freien steht, als dass man den Laden füllt. So bleibt vor der Theke immer eine Art seltsamer Leere, in die nur die vorstoßen, die gerade dran sind. Nun aber ist unter den frisch Geduschten, Dynamischen, Zufriedenen, Ausgeschlafenen gerade ein seltsames Wesen dran. Ein kleiner, zarter Junge, der die Gemächlichkeit, die Geduld und Gelassenheit der Szene urplötzlich überstrapaziert. Sein kleines Köpfchen zittert unaufhörlich, als lasse ein leichter Tremor ihn gar nicht zu der Ruhe kommen, die er unbedingt zu brauchen scheint. Denn unendlich langsam buchstabiert er seine diversen Brötcheneinkaufswünsche von einem Zettel, den er umständlichst entfaltet.

Die Worte fallen ihm von den Lippen, als zögen Bleigewichte sie plumpsend in die Tiefe. Man hat ihn ausgeschickt, für die ganze Familie einzukaufen, eine Aufgabe, die ihn offenbar an den Rand seiner Möglichkeiten drängt – und darüber hinaus. Der Kleine zählt in Minuten, die sich ins Endlose zu dehnen scheinen, das Geld Cent für Cent auf den Ladentisch, zählt nach, rechnet laut vor, verrechnet sich, fängt von vorne an. Die Zeit steht jetzt absolut still.

Die lockeren Morgengespräche zwischen den frisch Geduschten, Dynamischen, Zufriedenen, Ausgeschlafenen verstummen. Dafür fangen ihre Blicke an zu reden. Man hat schließlich selber Kinder. Dieses Kind da möchte man nicht haben. Kopfschüttelnd schauen sie seinem zitternden Köpfchen nach, als er den Laden nach einer Ewigkeit Schritt für Schritt verlässt. Dabei hat der kleine Mann einfach nur einen sehr einsamen Kampf gekämpft. Mit sich selbst. Und gewonnen.

G'wissensduell

Zwar ist es nicht zwölf Uhr mittags, aber trotzdem High Noon. Mitten in unserer kleinen Stadt ein Zweikampf. Auf Leben und Tod. Und das heißt in diesen Zeiten: auf Unehre und Gewissen. Wer unterliegt, muss zwar nicht ins Gras beißen – aber mit der Schande weiterleben, der Ungesündere zu sein. Und auch das kann tödlich weh tun. Denn es treffen aufeinander: ein Radfahrer und ein Nordic Walker. Der Fahrradfahrer kommt von unten, hat die leichte Steigung der Straße schon gängemäßig berücksichtigt, heruntergeschaltet, die kleinere Übersetzung gewählt, den behelmten Kopf in Richtung Lenker gedrückt, energisch strampelnd. Der Nordic Walker kommt von oben, greift armwedelnd und oberkörperpendelnd stramm diszipliniert schrittweise aus; ein Schweißband ziert seine Stirn. Beide betreten beziehungsweise bestrampeln die Walstatt unter absolut gleichen Voraussetzungen. In gleichsam vorkampfartiger Aktion hat der Radfahrer etliche Fußgänger vom Bürgersteig gefegt, darunter eine junge Mutter mit Kinderwagen, der übern Randstein kippte. Ebenso hat der Nordic Walker mit seinen Stöcken, die er im Ausschreittakt schwingt und die mit scharfen Spitzen versehen sind, jedweden ihm entgegenkommenden Flaneur aus der Bahn gehauen, gleichgültig, wieviele Augen er dabei hätte ausstechen können. Beide, Radler wie Walker, haben das vollkommen befreite Trottoir nun für sich – nur dass keiner am anderen vorbeikann, ohne auszuweichen. Und auszuweichen hieße einzugestehen, dass man der

Ungesündere wäre. Dabei geht es nicht um Höflichkeit, sondern ums Prinzip.

Beide nämlich, Radler wie Walker, radeln oder walken jeweils an der Spitze – desselben Bewusstseins. Der Radler hält sich für den Umweltschonendsten, Klimaneutralsten, Schadstoffemissionsärmsten, Koronargefäßeschonendsten. Der Walker desgleichen. Für beide gelten deshalb nicht die Regeln, die für andere gelten. Verkehrsschilder ignorieren sie ebenso wie rote Ampeln oder Wegegebote und -verbote. Es gibt für sie nur ihr allerbestes Gewissen. Und so starrt das eine beste Gewissen dem anderen besten ins Auge. Keines weicht. Zwei Helden der Zeit. Zwei Tragöden des Zeitgeists. Das kann lange dauern. Wir anderen schleichen in gehörigem Abstand um die beiden herum. Wie der Chor im Drama, der ohnmächtig zuschauen muss, wie die Mächtigen sich plagen.

Schillers Mohr

Es hängt ein Steckbrief von ihm aus. Und es sind statt Gelder Gurgeln auf ihn ausgesetzt – die es kosten wird, ihn zu fangen. Denn er ist ein großer Gurgelabschneider. Der Steckbrief (»die Physiognomie eine originelle Mischung aus Spitzbüberei und Laune«) steht im Personenverzeichnis des Dramas *Die Verschwörung des Fiesco zu Genua*. Der Sheriff, der ihn aushängt, heißt Friedrich Schiller, 1782, gerade dreiundzwanzig Jahre alt. Und er gilt einem »konfiszierten Mohrenkopf«, Mörder, Killer und Dieb namens Muley Hassan. Schwarze Haut, noch schwärzere Seele, aber heller Kopf. Dolche, Gifte und tödliche Gerüchte im Gewande. Gegenwärtig stehen »Mohrenstraßen« oder »Mohrenapotheken« unter Rassismusverdacht und werden aus dem Stadtbild ›gecancelt‹, wie das auf Neudeutsch heißt – ungeachtet der Tatsache, dass ›Mohr‹ nie ein Schimpfwort war und der Heilige Maurus, Schutzpatron der Arzneikundigen, es bis unters Angesicht und in die Unmittelbarkeit der Gnade Gottes geschafft hat. Aber aus Schillers Stück wäre er kaum zu eliminieren, wobei die alles Sonstige auch immer gerne eliminierenden Theater damit sicher kein Problem hätten. Dabei ist der ganz und gar böse und unethische Muley Hassan – und warum sollen Schwarze kein Recht darauf haben, so böse und arschlöchig zu sein wie jeder Andersfarbige auch? – ein hoher Arbeitsethiker. Er schafft was. Bis hin zu unbezahlten Überstunden. Denn er ist im rabenschwarzen Steckbrief-Reich des Schwaben Schiller natürlich ein durch und durch schwäbischer Mohr.

Und als er (»Du bist ein hartgesottener Sünder. Einen solchen vermißte ich längst«) nicht mehr gebraucht wird im Aufstiegskampf des Fiesco, Herzog von Lavagna, zieht der Mohr stolz Bilanz: »Der Mohr hat seine Arbeit getan. Der Mohr kann gehn.« Die Nachwelt aber hat dem Mohren übel mitgespielt. Sie schwärzt ihn an, indem sie ihn diskriminiert und verharmlost im hartnäckig dummdreist falschen Zitat, wenn allüberall sprichwörtelnd gemütsgesäuselt wird: »Der Mohr hat seine Schuldigkeit getan. Der Mohr kann gehn.« Zwischen ›Schuldigkeit‹ und ›Arbeit‹ aber liegen die Welten, die zwischen ›Schuften‹ und ›Schaffen‹ liegen. Ein schwäbischer Mohr tut nie und nimmer ›seine Schuldigkeit‹, er ist niemandem etwas schuldig. Er tut seine autonome Arbeit. Sie ist sein ganzer Stolz. Seine Würde. Sein Schaffen. Auch wenn es Gurgeln kostet.

Wallensteins Wellness

Wer hier eintritt, lässt alle Hoffnung aufblühen: auf Wärme und Dampf und Duft und gliederlösende Massage. Helles Holz, warmer Stein, leise Musik (auch wenn sie einem schon nach zwei Minuten auf die Nerven geht, weil sie Klavierherrlichkeiten wie Schuberts As-Dur-Moment-Musical und Mozarts Alla-turca-Dur-Sonate in süßlichstem Streicherschmuseschmalz ertränkt). Dazu dann die nobel ihre Nacktheiten samt Schwarten und Scharten gegenseitig ignorierenden Bloßhäutigen. Wir sind Sauna- und Spa-Bürger, Kurzzeitbewohner im Wellness-Land. Und lesen nun einen gleich hinter den Duschen an die Wand gemalten Spruch, der als katechetischer Wohlfühlbefehl verstanden werden soll und alle Muskeln gleichsam auf den Kopf stellt: »Es ist der Geist, der sich den Körper baut«. Will hier offenbar heißen: Denkschwitz' nur dran, dann wirst du schön! Ich aber sage euch: Pustekuchen! Denn als Autor ist ein Herr Tepperwein angegeben, ein gurumäßiger Esoterikseminarunternehmer, der schon mal wegen unbefugten Führens akademischer Titel (Prof. Dr.) verknackt ward. Hier hat er sich unbefugt als Friedrich Schiller betätigt und sich dessen dramatischen Feldherrn unter den Sprücheklopfer-Nagel gerissen, der im 13. Auftritt, dritter Akt von *Wallensteins Tod* glaubt, eine ganze Welt (Körper) noch schultern zu können, wenn er (Geist) das nur wolle. Wenig später ist bekanntlich der Geist perdu, der Körper ermordet. Wallensteins Wellness ist der Untergang. Kein gutes Zeichen für eine Sauna.

Falstaffs Airbus

Was wiegt dieser Mann, der seine Körpermasse gerade durch den Mittelgang eines Airbus wuchtet? Drei Zentner? Vier? So wie er schnauft und keucht, müssten es fünf sein. »Habt Ihr Hebebäume, um mich wieder aufzuheben, wenn ich mich hinlege?«, fragt Sir John Falstaff, dramatischer Urahn aller Fettwänste, in *Heinrich IV.*, einem Königs- und Säuferdrama Shakespeares. Sir John Airbus dagegen nimmt gleich das ganze Flugzeug zum Hebebaum. Er dominiert die Szene der sich nach ihren Sitzplätzen Drängelnden oder Schlängelnden, der ihre Koffer Verstauenden und mit den Sicherheitsgurten Nestelnden. Das Fluggerät wird ihm zur Bühne. Und obwohl Hunderte sie bevölkern, zählt nur er. Und ist allen Anwesenden ein leibhaftiger Vorwurf, als würde er jeden imaginären Zeigefinger niederwalzen wollen, der gar nicht auf ihn gerichtet ist: Glaubt ihr, dass ihr was Besseres seid, nur weil ich nicht so bin wie ihr? Es war der uralte Traum von Shakespeares Falstaff, Allherrscher zu sein in einer Welt, die sich zwischen Weinfass, Bordell und Rinderbraten erstreckt. Nur dass Sir John Falstaff nicht siegt. Er wird besiegt. Und ist am Ende von allen verlassen. Aber er lebt auf eigene Rechnung und Risiko. Die Gesellschaft stößt ihn ab, weil er nicht zu ihr passt.

Sir John Airbus dagegen ist der blendend sozialisierte Egoist. Er zwingt die Gesellschaft zu sich hin. Damit sie ihm passt. Denn er ist der Raumeinnehmer durch Raumverdrängung. Seine Nebensitzer könnten den sie bedrängenden Körperwülsten des Gewaltigen auch dann nicht entkommen, wenn sie sich ganz dünn machen würden. Aus seiner Sakkotasche quellen Unmengen von filterlosen Zigaretten. Der über Bordlautsprecher obligatorisch heruntergeleierte Hinweis der Stewardess, »dies ist ein Nichtraucherflug«, ist ihm nur mit Mühe zu übersetzen. Drei Flugbegleiterinnen bemühen sich um seinen Bauch, den sie vergebens in Gurte zu fassen versuchen. Eine vierte bringt ihm das Bier, nach dem er schreit. Zwischen den Bieren fällt er in sekundenschläfriges Schnarchen. Aber nach der Landung schaut er zu uns hin, als seien wir ihm alles schuldig geblieben.

Chancengleichheit

Plötzlich fallen am Nebenstehtisch zwei magische Worte: »Sylt« und »Chancengleichheit«. Verwundert dreht man sich um. Und blickt auf eine Viererrunde von Frauen mittleren Alters, gut geschminkte und gekleidete, nicht unfröhliche Persönlichkeiten, alle, wie sich dem weiteren Gespräch entnehmen lässt, berufstätig, in derselben Firma oder Behörde beschäftigt, wobei sie mehr beamtinnenhaft als angestelltenartig wirken. In ihrer Mittagspause jedenfalls suchen sie Schutz unter Marias Kiosk-Markise, dieweil kühl der Regen in die Blumen fällt und der Sommer still seinem Ende entgegenschauert. Golden tropft Blatt um Blatt nieder vom hohen Akazienbaum im Park gegenüber, während »Sylt« und »Chancengleichheit« schwer beleidigt von den Lippen der Jüngsten der Runde plumpsen. Gerade komme sie mit ihrem Mann, einem zurzeit offenbar arbeitslosen Informatiker, vom Kurzurlaub in Sylt. Ach Gott, ja, die Reetkate, die sie sonst immer hätten buchen können, sei leider belegt (»Was die Leute sich einbilden!«), die Krabben zum Frühstück im Hotel aber seien ganz, ganz toll gewesen – und sie dehnt das »tooooll«, als schwämme es in einem Eimer von Krabben. Von den Krabben kommt sie unvermittelt auf ihre Söhne zu sprechen. Sie könne diesen nicht einmal die Bahnfahrt zur Fachhochschule bezahlen. Diese Kosten – und an dieser Stelle haut sie so stark auf den Stehtisch, dass die Cappuccino-Tassen fast aufs Pflaster gefallen wären – solle doch bitte der Staat übernehmen. Es gehe doch nicht an, dass die Söhne der Nachbarn die

Bahnfahrt von den Eltern bezahlt bekämen. Und ihre nicht. Sie fordere also hiermit: Chancengleichheit. Notfalls wähle sie die Linke. Oder gleich die AfD.

Die anderen drei Frauen schweigen zunächst betreten, bis die älteste ihre klugen Augen kurz aufblitzen lässt und etwas von »Ganztagesstelle« murmelt, was der Chef sowieso lieber hätte, und dass ja »dein Mann sich vielleicht einen Job suchen« könne, Informatiker seien doch gesucht. Dann wären ja wohl auch die Bahnfahrkarten für die Söhne locker drin. Darauf die andere völlig empört: Gäbe sie ihre Halbtagsstelle auf und ihr Mann seine Arbeitslosigkeit, wären sie beide »schön blöd«. Nein, es gehe allein um Chancengleichheit. Ein kleiner Frühherbstwind wenigstens wahrt seine Chance und fährt fauchend unter die vier Damen. Maria aber räumt traurig lächelnd die Cappuccino-Tassen ab.

Die Hausmaus

Es ist ein mehr als nur schönes, es ist ein wahrhaft erhabenes, im Rot der altgepolsterten Stühle königliche Noblesse verbreitendes Restaurant. Die Gedecke sind nicht einfach Teller, Besteck, Gläser. Sie sind ein genau aufeinander abgestimmtes, kunstvoll arrangiertes Gewirr, über dem die glasperlendurchzauberten Kronleuchter an der stuckverzierten Decke hängen wie diskret strahlende Sonnen. Die Speisekarte ist ein Erlesenheitsparadies, in dem sich alles »an« alles fügt in einer wahren Symphonie in »An«-Dur (so à la »Trüffelmousse an Wachtelleber und Artischockenherzen«) – und natürlich seinen hohen Preis hat. Noch beim Aperitif, einem Glas Dom Perignon Exclusiv-Cuvée, Jahrgang 1972, läuft zwischen den Tischen eine Maus durch den Raum. Kurze, spitze Schreie aus Damenmündern. Empörungsgelächter aus Herrenmäulern. Der herbeigerufene Kellner, dem man die Ungeheuerlichkeit melden möchte, die ja jede Gesundheitsbehörde auf den Plan rufen und zur sofortigen Schließung des Edeletablissements führen müsste, wiegelt gelangweilt ab: Das sei nur Josef, die Hausmaus des Restaurants. Sie sei harmlos. Sie wolle nur mal kurz schnuppern, verschwinde dann aber immer sofort wieder. Man solle getrost weiter den Abend genießen, er hoffe, der Dom Perignon habe die richtige Trinktemperatur. Dann tut es der Garçon der Maus nach und verschwindet ebenfalls. Die verdutzten Gäste registrieren die gleichsam fest angestellte und mit wahrscheinlich wenigen Brocken Käse oder Speck honorierte Test-Nase des Hauses. Auf der Rechnung taucht sie nicht auf.

Schmeckt's?

Keine andere Frage führt sogleich zu solch lähmendem Verstummen, zur vollkommenen Sprachlosigkeit, die nichts weiter ist als ohnmächtige Unterwerfung: »Hat es Ihnen geschmeckt?« Drohender, raffinierter noch gestellt: »Hat es Ihnen nicht geschmeckt?« – zwingt sie den Abgefragten zum Bekenntnis einer Gesinnung, deren Ziel nie und nimmer Geschmeckthaben oder Nichtgeschmeckthaben ist, sondern Zustimmung, Unterwerfung, selbst wenn er sie im ungefähr murmelnden »Doch, doch, doch …« auf der Zunge ersterben lässt. Verlangt wird die Zustimmung zu einer Ordnung, die sich eigentlich Geschmacksfragen aufs Energischste verbittet – dadurch, dass sie diese dauernd stellt. Erwartet wird, während die Ordnungsmacht gleichgültig reinen Tisch macht und die Krümel wegfegt, das duckende Kopfnicken und der reflexartige Griff zur Gesäßtasche. Es ist die Demütigung des Gastes. Der für die Entrichtung des Betrags einer meist überhöhten Rechnung sich ja nicht nur dadurch nicht selbst bestrafen möchte, dass er lauthals verkündet, er habe sterbensschlecht gegessen, sondern der auch das peinsame Aufsehen scheut, das es machte, kämen außer dem Kellner auch noch Abgesandte der Küche, womöglich der Restaurant- oder Servicechef auf ihn zu und forderten ihn auf, nun mal genau zu begründen, warum ihm das nicht geschmeckt habe, was allen anderen doch so gut schmecke! Es wäre so, als stünde ein Theaterzuschauer, von einem Theatermitarbeiter, am besten einem Dramaturgen befragt, ob ihm der Abend gefallen habe, plötzlich vor einer Schar herbei beorderter Schauspieler, denen er darlegen müsste, warum sie ihren Figuren und Rollen nicht gerecht geworden wären. Er wird sich auf den Theaterkritiker verlassen (oder von ihm bitter enttäuscht sein), der das Urteil für ihn erledigt. Genau so, wie die einsamen Esser an ihren Restauranttischen sich auf die elitären Vorkoster, die Restaurantkritiker, verlassen, die sich zwar zu Hunderten in den Magazinen und Zeitungen tummeln und die gastrosophische Kritik zu einer Höhe der Verschwiemeltheit und des nichtssagenden theologischen Gagaismus (»die Wachtelsauce war eine Offenbarung«) getrieben haben, aber immer gerade natürlich nicht das Restaurant im Auge beziehungsweise Gaumenbereich haben, in dem man an völlig ungeoffenbarten harten Wachtelschenkeln herumgenagt hat. Den mit ihrem Hat's-geschmeckt?-Kopfnicken an ihren einsamen Restauranttischen Alleingelassenen bleibt nur der Trost, hinter grimmigem Zähnezusammenbeißen gehegt: »Wartet nur – ich werd's dem Herrn Dollase melden gehen!« Doch Herr Dollase tafelt hier nicht.

Lord Pfau

Seine Auftritte bestehen in nichts als in einer Störung. In selbstherrlicher gesellschaftlicher Isolation. Aber mit Stil. Seine Auftrittsfarbe ist von einer Art Purpurpinkdunkelblaugrün. Er versprüht sie in einzelnen Nuancen hinter sich. Und je nachdem, wie das Licht auf einzelne Körperteile fällt, schillert mal die eine, mal die andere Tönung dominant. Man kann gar nicht anders, als von ihm fasziniert zu sein. Er hat die Allüren eines Dandys, der nur als Erscheinung, nicht als Charakter genießbar ist. Er geht in der Inszenierung seines Selbst als Wesen schon ganz auf. Er hat keinen Nutzen. Er ist ganz Gefieder. Er macht nur Effekt. Gerade deshalb kann er alle Welt zwingen, für die Zeit seines Auftretens jedwede Bewegung einzustellen und ihm allein die Bühne freizuräumen. Wenn er aus dem großen schmiedeeisernen Tor einer weitläufigen Besitzung tritt, die von glühenden Rosenbüschen, schimmernden Kamelienstauden, fremdduftenden Gewürzsträuchern und verwunschenen Statuen gesäumt ist, seine farbsprühende Schleppe hinter sich herzieht, Kopf und Schnabel über die Maßen elegant in einer Sphäre stolzgeschwellter Melancholie erhoben hält, neben sich einen jüngeren Herrn mit etwas kürzerer, aber keineswegs farbloserer Schleppe, beide gravitätisch Bein vor Bein setzend in der Zeitlupe der Müßiggänger, denen kein Weg zu weit und kein Abweg zu umständlich ist – dann kommt der Verkehr im ganzen Stadtteil zum Erliegen.

Denn die beiden Herren benutzen naturgemäß nicht den Bürgersteig. Dieser ist, wie der Name schon sagt, für

Bürger. Sie aber sind Aristokraten. Sie verlangen nach der freien, offenen Straße, dem Laufsteg der Welt, an dem die Bürger in früheren Zeiten der Aristokratie Wegegeld entrichten mussten, wenn sie passieren wollten, und den sie seit ein paar Revolutionen ihrem banalen Verkehr unterworfen haben. Es wirkt also wie eine späte reaktionäre Rache, wenn jetzt eine Reihe von Chauffeuren, die ihren platten bürgerlichen Alltagsgeschäften nachhetzen, dazu genötigt wird, auf Bremsen zu treten, Automobile zum Halten zu bringen, eine längere Zeit zu warten, bis die beiden edlen Herren ihre Schleppen spazieren geführt haben, die sie manchmal zum großen Rad aufspreizen. So zeigen sie leuchtend und hochmögend der anmaßenden bürgerlichen Welt, was wahre Arroganz vermag.

Männerschlussverkauf

Literatur, die erzählende vor allem (die dramatische scheint von der Gegenwartsszene so gut wie vertrieben, die lyrische spielt sowieso nur eine Nischenrolle), ist ein großer Trost. In Form eines Ausgleichs. Wo Frauen im realen Leben immer noch die Wirkungen von Männerherrschaft leib- und geisthaftig spüren, ist die Männerdominanz novellistisch längst auf einer Schwundstufe angekommen. In Romanen und Erzählungen west und floriert ein hübscher Männerschlussverkauf, gar nicht unkomisch. Auch unkitschig nicht. Lauter schwache Abschiede von den starken Frauen, manchmal sogar noch in Form von Herumgeistereien nach dem Tode. Darin werden die Ladies zu unerreichbaren Sehnsuchtsphantomen mit dem dominanten Geschlecht Ex. Gar nicht mehr maskuline, mehr waschlappige Lebensbilanzen eines Scheiterns. Beichten von Unfrommgewesenen im Grunde. Bevor sie vor ihren Geriatrieschöpfer treten, machen die Herren Ich-Erzähler seufzend und klagend reinen Erinnerungstisch, von dem sie vorzüglich die paar erotischen Krümel klauben, an die sie sich noch erinnern können, naturgemäß meist im Schuldbewusstsein eines gewesenen Ungenügens. Und wischen sie dann resigniert in ihren Verlorenheitslebensbeutel. Den sie zwischen zwei Buchdeckel pressen. Auch eine Art Grab.

CO gratias

Ein strahlender Sonntag. Den man im weiten Reich des Katholischen den Weißen nennt. Es ist der Tag der Erstkommunion für die Kinder, die damit voll und ganz in die Gemeinschaft der Gläubigen aufgenommen werden, weil sie dann wie alle Erwachsenen auch »zum Tisch des Herrn« gehen dürfen, um dort den Leib Christi zu empfangen. Vor der schönen neogotischen Kirche unserer kleinen Stadt treffen in schier endloser Prozession die Sechs- bis Achtzylinder-Autos der Eltern der Kleinen ein, die den riesigen SUVs und Geländewagen aufgeregt entsteigen, um ihre Plätze in den vorderen Kirchenbankreihen einzunehmen. Dieweil die Auspüffe der großen Personenkraftkutschen noch einmal die Abgas-Musik zum Einpark-Ritual erklingen lassen. Nun gehört es zum eisernen Requisitenbestand des Weißen Sonntags, dass jedes Erstkommunionskind eine schöne, lange weiße Kerze in Händen hält. Die Kerze ist verziert mit bunten Wachszeichen aus der liturgischen Sphäre (Kelch, Kreuz, Brot, Weinstock, Alpha, Omega und dergleichen). Auch brennen in der Kirche im Altarraum und an den Säulen zum Seitenschiff hin viel mehr Kerzen als sonst. Das Gotteshaus ist so in ein warmes, alles sanft umflutendes Licht getaucht. Bevor aber noch die Zeremonie beginnen kann, hat eine Abordnung von sechs Kommunionkindermüttern, frisch ihren geparkten Großraum-Limousinen entstiegen, den Pfarrer gestellt und umzingelt: Man habe gesehen, dass in der Kirche unheimlich viele Kerzen angezündet seien. Ob der CO2-Ausstoß dieser Dinger denn nicht gefährlich und schädlich für die Kinder sei? Und wie sähe es überhaupt mit der Klimaneutralität der Pfarreikirche aus? Könne er da mit Zahlen dienen? Man sorge sich schließlich sehr um den Klimawandel. Der Pfarrer schaute über die Köpfe der Damen hinweg nur mal kurz auf den kircheneigenen Parkplatz, als wolle er dort nebenbei die Auspuffanlagen der hochzylindrigen BMW, Audi, Volvo und Mercedes segnen, und entgegnete: »Unsere Kerzen sind katholische Kerzen. Die leben im Zölibat und haben also keinen CO2-Ausstoß.«

Geisterknochen

Die Gasse ist so schmal, dass man sich kaum getraut, sie zu betreten, aus Furcht, man käme da nicht durch, ohne die hohen Hauswände zur Linken wie zur Rechten touchieren zu müssen, die dem Gässchen selbst bei hellstem Sonnentageslicht den Charakter einer düsteren Schlucht verleihen. Doch exakt hier, am Gasseneingang, erzählt die Fremdenführerin, habe nach der gescheiterten Revolution von 1848/49 ein versprengter schwäbischer Abgeordneter der aufgelösten Frankfurter Paulskirchenversammlung sich gerade ins Dunkle, Schmale verdrücken wollen und dem vor dem Gässle liegenden Marktplatz eben noch den Rücken zugekehrt, als ein württembergischer Ulan auf seinem Gaul vorbeisprengte und mit einem raschen, gezielten Säbelseitenhieb ins Gässle hinein dem Revoluzzer den Schädel spaltete. Einen Splitter aus dem Kopf des tödlich Getroffenen könne man im städtischen Museum bewundern oder betrauern, je nachdem. Man erweise solcherart auch dem Geist der Zeit bürgerlich liberalen Aufbegehrens den gebührenden Respekt.

Wobei die linkerhand die Gasse begrenzende Hauswand zu einem alten Amtsgebäude gehöre, in dem 1164 die Gebeine der Heiligen Drei Könige auf ihrer Reise nach Köln übernachtet hätten, wohin sie der staufische Reichskanzler Reinald von Dassel schaffen ließ. Ungeachtet der Tatsache, dass es sich wohl eher um die Knochen des Gregor von Spoleto, wahlweise auch des Heiligen Felix von Nabor gehandelt haben dürfte, was aber nichts daran ändere, dass diese Wie-auch-immer-

Knochen bis heute in einem herrlichen Schrein im Dom zu Köln verehrt würden, hier aber unserer kleinen Stadt durch ihre Reiserast auf dem Weg von Bethlehem, frischweg von der Krippe des Jesus von Nazareth hin zum Rhein, eine ganz besondere Heiligkeit verliehen hätten. Sie habe deshalb in älteren Zeiten auch den Spitz-, will sagen: Ehrennamen Schwäbisch Nazareth getragen, ihre Einwohner habe man summa summarum als »Naze« tituliert, was dann freilich, um etwaige vokalverschobene Missverständnisse gar nicht erst aufkommen zu lassen, in den dreißiger Jahren und nach dem Zweiten Weltkrieg sowieso nicht mehr der Brauch gewesen sei. Ein schönes Relief überm Portikus des alten Amtshauses übrigens zeige die Heiligen Drei Könige Caspar, Melchior und Balthasar, allerdings nicht in Knochenrestform, sondern in vollem Ornat. Ein Wirtshaus, am sogenannten Kalten Markt, berühmt für seinen hausgekelterten Apfelmost, trage die Drei Könige im Namen und Wappen, die somit ständig im Dunstkreis eines geistigen Getränks weiterlebten. Man könne sich wunderbar mit ihnen betrinken. Die beiden Knochengeschichten, die von 1849 und die von 1164, dürfe man übrigens ruhig zusammendenken. Der Geist der Heiligkeit und der Geist der Revolution, der eine im Museum, der andere in der Legende bewahrt, und beide gescheitert. Aber als Reliquien präsent. Wenn man den Most dazurechne.

Letzte Ölung

Jetzt gilt's. Der Priester kommt. Die Sterbende, die sich seit Langem schon an nichts und niemanden mehr erinnern kann, nimmt ihn mit unruhigem Augenspiel wahr. Auf sein Köfferchen, in dem er die heiligen Geräte bereithält, mit deren Hilfe er der Moribunden die letzte Ölung mitsamt den damit verbundenen Gebeten, Zeremonien und Segnungen spenden soll, wirft sie misstrauische, ja feindselige Blicke. Ihre Lebensgefährtin, mit der sie seit Jahrzehnten eine streng katholische, wiewohl natur- und kathechismusgemäß nie kirchlich gesegnete freie Ehe in Liebe und Treue geführt hat, und die ihr auch in den Irrwegen in den Demenzdämmer des Vergessens hinein eine liebevollste Begleiterin und Pflegerin war, zieht die Vorhänge vom Fenster des Krankenzimmers zur Seite. Lebensgeliebte, Todkranke und Priester haben nun den Blick frei hinaus in eine herrlich besonnte Landschaft, begrenzt in der Ferne von einer blassblau im Licht schwebenden Gebirgskette, vor der ein See grüngolden schimmert. Dazwischen die Wellen von Wiesenhügeln, durchzogen von Alleen, die das eine oder andere Gehöft links und rechts liegen lassen. Womöglich war es die paradoxe Kombination aus den Blicken des Misstrauens der Sterbenden und der Augenlust des vertrauten Ausblicks, die den Priester nicht zu Stola und Versehgarnitur greifen, sondern die Stimme laut singend erheben ließ: »Wie schön ist Gottes weite Welt!« Und das in einem Sterbezimmer! Die Freundin der Todgeweihten wollte sich gerade empört dem Geistlichen zuwenden, als die

Sterbende, die nicht nur seit Langem sich an nichts und niemanden, sondern auch an kein Sterbenswörtchen mehr erinnern konnte, das ihr zu sagen geblieben wäre, mit einer Bewegung, auf die keiner gefasst war, hinter ihr Bett griff und eine Flasche hervorholte. Und sprach, als wolle sie der vom Pfarrer singend beschworenen Schönheit von Gottes weiter Welt sozusagen von sich aus die letzte Ölung ewiger Beglaubigung spenden, zum geistlichen Herrn die heiligen Worte: »Jetzt trinken wir noch ein Schlückchen Sekt miteinander.« Was von der Kirche zwar nicht als Wunder anerkannt wurde, aber den Tod doch noch eine Zeitlang in Schach hielt.

Todverkündigung

Ein Wirtshaus auf der Schwäbischen Alb, alt eingesessen mit dementsprechender Atmosphäre und passendem Mobiliar aus Urväterzeiten. In der Luft ein melangierender Duft aus Sauerkraut, Kuttelsauce, Schweinernem, unterlegt mit der Küferkühle des Most-Odeurs und der diversen Wein-Bouquets. Gläserklirren, Besteckklappern, kultivierter Gesprächsgeräuschpegel im Großen und Ganzen, hie und da nur durch derbes Gelächter unterbrochen. Alle Tische gut besetzt. Eine Zufallsgesellschaft zur Mittagszeit, die ganz unter und bei sich zu sein scheint, eingefangen in einer Hülle aus Wohllebigkeit und Behagen. Plötzlich wird die Tür aufgerissen. Ein kleiner Windstoß fährt herein. Und eine Gestalt, deren wilde Konturen im einfallenden Gegenlicht kaum zu erfassen sind, tritt auf die Schwelle und brüllt: »Ihr müssat älle, älle sterba!!« Dann fällt die Tür wieder krachend ins Schloss. Der wilde Kerl ist verschwunden. Kurze Entsetzensschreie und Empörungslaute im Durcheinander des Gastraums. Der eine oder andere Tapfere schickt sich an, aufzuspringen, um den Unverschämten Mores zu lehren. Dem Wirt wird zugerufen, er möge die Polizei rufen; ein Wort wie »Terrorist« fliegt unheilsatt durch die Luft. Ein paar Weingläser sind in der Erregung umgefallen. Ein Teller mit Sauren Nierle samt Bratkartoffeln hat sich auf den Boden ergossen. Mehr ist nicht passiert. Nur das Erschrecken darüber, dass da einer eine pure Selbstverständlichkeit wenn auch arg laut ausgesprochen hat.

Grazie, Mille

Niemand wusste ihren richtigen Vornamen. Alle nannten sie nur Mille. Was eine Verkürzung von Milena oder Miltraud oder sonstwem sein mochte. Was alles kaum zu ihr gepasst hätte. Mehrsilbenhaftes nämlich wäre für ihre Person sowieso zu weich, zu vielfältig, zu poetisch, auch ausgefallen gewesen. Denn ihr eignete Endgültiges. Ihr Wesen war das einer Finalistin. Sie kam allemal zum Schluss. Oder umgekehrt: Wenn sie kam, war Schluss. So klang Mille auch nach einer anderen Version von Basta! Wenn sie sich in einem Haushalt alter Leute, sei es als Hilfe, sei es als Freundin, als Besorgerin oder Pflegerin, sei es auch nur als Gesprächspartnerin oder Vorleserin, andiente, konnte man sicher sein – aber was heißt schon ›man‹, niemand will ja fahrlässigerweise ›man‹ sein –, dass baldigst der Tod dieses Haus heimsuchen würde. In nordisch schwerblütigeren, ostseeumrauschten Baltenländern, wo Dunkelheiten und Depressionen zur Lebenserhellung bitter notwendig sind, wäre sie im alten Hanse-Idiom als Totenvorreitersche bezeichnet worden. Die Totenvorreitersche, eine Sagenfigur, prescht auf ihrem skelettdürren Schindmärenrappen durch die Gassen und Straßen zum Beispiel von Reval, in denen demnächst jemand stirbt. Werner Bergengruen, ein Schriftsteller, den man auch nicht mehr kennt, hat sehr hübsch-schaurig darüber fabuliert. In unseren süddeutsch helleren Barocklanden ritt die Mille nicht auf einem Klepper. Sie fuhr, wenn sie die Todgeweihten, die aber vom Tod nichts wissen wollten, abklapperte, mit dem Taxi vor. Das Gesicht mit den stark geschminkten Augenpartien, der straff toupierten Frisur und einem hinreißend süßlichen Mundwerk, das vor Lebenslust und Lügen und Visionen und Illusionen nur so sprudelte, war eine einzige Einladung, sich ihm anzuvertrauen. Ja, sich ihm völlig auszuliefern. Eine Zauberin. Eine Verführerin. Könnte man vermuten. Sie war aber nur eine »Ansprache«, wie das die Alten ehrfürchtig nannten, die außer ihren materiellen Besitztümern sonst nichts und niemanden hatten. Und sie gewannen die Ansprechende so sehr lieb, dass sie ihr Bilder, Schmuck, Möbel, Bücher, Geschirr und schließlich natürlich Geld, viel Geld, hie und da sogar eine Eigentumswohnung und einen nicht mehr benötigten BMW 520 förmlich aufdrängten. Und für die fürsorglichen prämortalen Raubzüge von Madame Mille sogar noch mit Tränen in den Augen Dank sagten. Denn sie erkauften sich damit ein bisschen Leben vor dem Tod. Glaubten sie. Mille selbst starb reich. Hinterließ aber alles ihren Katzen.

Überraschung

Ein Leben lang hatte Herr H. das im Gefühl, was der Verstand ihm sagen wollte. Aber er folgte ihm nicht, weil sein Verstand ihm immer klarmachte, dass er nicht seinen Gefühlen folgen sollte. Also verlegte sich Herr H., der nicht nur jede Kaffeetafel glänzend zu unterhalten wusste, aufs Erzählen. Er machte ganz umstandslos und direkt aus seinem Leben eine unaufhörliche, von Tag zu Tag fortlaufende Erzählung. Ein einziges Divertimento für seine Umgebung. Seine Daseinsform: Worte, Worte, nichts als Worte. Wäre er eingebildet gewesen, hätte er damit renommieren können, er bestehe ganz aus Literatur. Da er nicht eingebildet war, weil er vor lauter Erzählen fürs Eingebildetsein keine Zeit hatte, bestand er ganz aus Wortbildungen. Vor allem das Wort *Tod* hatte es ihm angetan. Er kokettierte lange schon mit der Möglichkeit, dieses Wort mit Leben zu füllen. Und eines schönen, schwarzen Tages inszenierte er sich denn auch als Toten, sorgte für ein Solo-Leichen-Arrangement, inklusive Aufbahrung, Totenhemd, fahl geschminktem Gesicht, im Salon, den niemand so nannte, weil er der Familie immer nur als Rauch-, Musizier- und Gästezimmer gedient hatte, Herrn H. aber das Wort *Salon* die einzige würdige Bezeichnung für eine Aufbahrung schien. Da lag er nun. Er wartete nicht. Er harrte. Weil auch das Wort *harrte* ihm schon ein Leben lang ungemein gefiel. Frau H. jedoch, die schon länger heimlich dem Wunsch Nahrung gab, dass es doch schön sein könnte, wenn ihr Mann nicht mehr da wäre, damit sie es mit ihrem Geliebten weiter, wiewohl dann herrlich reuelos treiben könne, trat hinzu. Und brach in einen Jubelruf aus, über den sie zu spät erschrak. Herr H. nämlich starb in diesem Moment nun wirklich. Am Schock, den ihm seine Frau bescherte, als sie froh »Endlich!« rief. So wurde für Herrn H. am Ende seiner Lebenserzählung aus Schein ein Nichtsein. Friede seiner Masche.

Inhalt

KRÖNER EDITION **KLÖPFER**

Bereits erschienen:

Joachim Zelter
Die Verabschiebung
Roman
160 Seiten, Halbleinen mit Lesebändchen

Eva Christina Zeller
Unterm Teppich
Roman in 61 Bildern
168 Seiten, Halbleinen mit Lesebändchen

Michael Basse
Yank Zone
Roman
319 Seiten, Halbleinen mit Lesebändchen

Peter Blickle
Andershimmel
Roman
318 Seiten, Halbleinen mit Lesebändchen

Walle Sayer
Nichts, nur
Gedichte und Miniaturen
240 Seiten, Ganzleinen mit Lesebändchen